着情遣兴

郭治川——著

群言出版社
QUNYAN PRESS
·北京·

图书在版编目（CIP）数据

眷情逸兴 / 郭治川著 . -- 北京：群言出版社，
2017.6
ISBN 978-7-5193-0290-0

Ⅰ. ①眷… Ⅱ. ①郭… Ⅲ. ①散文集－中国－当代②
诗集－中国－当代 Ⅳ. ①I217.2

中国版本图书馆 CIP 数据核字（2017）第 138208 号

责任编辑：侯　莹　金　朝
封面设计：逸品书装设计

出版发行：群言出版社
地　　址：北京市东城区东厂胡同北巷 1 号（100006）
网　　址：www.qypublish.com
自营网店：http://qycbs.shop.kongfz.com（孔夫子旧书网）
http://www.qypublish.com（群言出版社官网）
电子信箱：qunyancbs@126.com
联系电话：010-65267783　65263836
经　　销：全国新华书店

印　　刷：北京鑫瑞兴印刷有限公司
版　　次：2017 年 7 月第 1 版　2017 年 7 月第 1 次印刷
开　　本：880mm × 1230mm　1/32
印　　张：7.25
字　　数：138 千字
书　　号：ISBN 978-7-5193-0290-0
定　　价：32.00 元

前言

天水方言是天水地域文化中的瑰宝。在长期的发展过程中积累了丰富的词汇，形成了稳定的语法形式。在地域文化传承中既是载体又是被传承者，发挥了极其重要的作用。天水方言用词用字在西汉人杨雄的《輶轩使者绝代语释别国方言》(简称《方言》)中就有记载："秦晋之间，凡人之大谓之奘(zhuǎng)。"现在的天水人说条状、圆柱状物体横截面大的仍然叫奘。《现代汉语词典》对奘的解释是：粗而大。天水方言里还存在着一些文言文书面用词，比如"卬"字就是个典型。《诗经·邶风》："人涉卬否，卬须我友。"《尔雅·释诂》下："卬，我也。"这句诗的意思就是：别人涉水过河我不去，我等待着我的未婚夫。卬，普通话里读 áng，天水方言里与熬同音。接近普通话里的 áo。其意也包括了普通话里的我、我们、咱们。"卬"和"我"在天水方言里同用，有时有细微差别。

历来方言与共同语是共存的。方言词汇不断增添到共同语中来，而一些共同语的词汇随着历史的发展就被淘汰了。反过来共同语的词汇渗入方言中，过时的方言词汇也就被淘汰了。50年代天水人把太阳叫“日头（热头）”，把中午叫“饭时候”或“日头（热头）端了”，现在已经没有人这样说了。

普通话是以北方话为基础方言的，所以天水方言与普通话的关系非常密切。两相对照，在语法习惯、词序排列方面没什么大的差别，有好多词汇也是共同使用的。除了极少数的词汇意思不同或不完全相同外，绝大部分词汇的意思也是相同的。但是，方言用词有时很率意，一个村子的人都不统一；语言习惯的不同，在表述同一事物时天水方言与普通话会使用不同的词语。这也是一点差别。

天水方言与普通话最大的差别在于语音，大多不同，而且情况比较复杂。像“发财”这个词，天水方言与普通话的差别在声调上，这算是最小的差别。还有的韵母相同而声母不同，普通话里的zh、ch、sh，天水方言里变成z、c、s的很多。比如迟到（chí dào），天水方言里说（cí dāo），这个差别就比较明显了。再就是声母、韵母两不沾边的，差别就更大了。像普通话里的我（wǒ），天水方言里就有好几种语音形式：秦安话的“我”，三阳川话的“我”，秦州区老城区话的“我”等，这些“我”的方言音是汉语拼音也标不出来的。

著名语言学家王力先生在《中国语言学史》里讲道：“同是一个词，在不同的方言里，有着不同的语音形式。杨雄自己也有时候注意到这种现象，他把这种现象叫‘转语’。”

郭璞为《方言》作注，把“转语”现象叫“语转”、“声之转”、“语声转”等。天水方言里有“转音了”一说，也是这个意思。

要讨论天水方言用词用字，首先要承认“转语”这种语音形式，再从“转语”追溯到普通话的标准音，才有可能从音和意的结合上正确地写出天水方言用词用字。比如“我”，天水方言的语音只是另外一种语音形式，是“转语”。尽管语音不同，但词义和普通话是完全相同的，所以写成“我”字才是正确的。王力先生说：“方言读音的差异不影响书面了解。”听起来语音不同，但写出来却是同一个字（词），就是这个意思。

当然，所有的方言用词用字并不是都能写出来的。至少有两个原因：第一，有些方言就是口语传承下来的，并没有进入书面语；第二个原因正如王力先生所言：“因为各方言中有许多语音上的细微差别，绝不是汉字所能精确记录下来的。”方言语音也并不一定能用汉语拼音标出来，这是因为汉语拼音是专门为推广普通话服务的，管不了方言的事。

《天水方言用词用字举例》的立意是想把天水方言里常用又容易被忽视或不太熟悉的字、词比较集中地列举出来，希望对天水方言的了解和天水方言与外界的交流有所帮助。因为字和好多词语是与普通话共用的，所以字的注音和字、词的本义解释完全按照《现代汉语词典》和《辞源》。《现代汉语词典》和《辞源》是写《天水方言用词用字举例》的主要参考资料，有些词也是从《现代汉语词典》里摘来的。词义在天水方言里有变化或本义被引申了的一般都作了注或举了例句。

天水方言用词用字用《现代汉语词典》的标准注音和解释，有利于天水人学习普通话。

我看过一点介绍，有一些记录方言的书，按照方言音，硬写出一个方言词来，也不管写出的词从字义还是语义学的角度讲是否与方言意思对应。这样就更造成了方言词语书写的混乱。

我则是站在普通话的角度来认识理解天水方言，把天水方言和普通话相对照，从音和义的结合上写出天水方言用词用字的。

后一部分则是我的一点闲情逸致。九篇散文中七篇是游记。2004 年—2005 年，我在杭州住了一年多，有空就去西湖。不管是坐游艇还是在湖堤散步，我常常激动不已，所以拿起笔来写了一点感受和记忆。四十一首诗主要以家乡风物为题材，目的是介绍家乡、宣传家乡。对联以嵌入联为主，嵌入清水县乡镇名、小景致、特产、小吃名，目的也是宣传家乡。最后是九幅墨迹。

郭治川

2015 年 9 月

代序

郭君治川者，余之爱生也。1962年余任天水师范语文教员，讲授中师三年级国文，君在其座。聪敏好学，矻矻求进者也。君之《古柏礼赞》获作文竞赛奖，列第二，至今五十余载，犹在记忆之中也。今粗阅君之《寻味方言》，虽在病榻，已爱不释手。望治川君一往无前，孜孜汲汲，完成大作。方言，至为重要，为一地文化之源头也。更可幸者，清水（天水市的一个县）本轩辕黄帝故里也。治川君身居轩辕黄帝故里，得天独厚将天水方言慢慢考释，出成一书，即为郭君之幸，亦为拙师吴君之幸。斯书一出，必首读之。

愚师吴正中於病榻粗书

2014.7.13

注：吴正中，著名学者，教授，作者最尊崇的老师。

目录

寻味方言

天水方言中的文言文书面字（词）举例

天水方言也叫天水土话，属于北方方言四大次方言之一的西北方言。说土话是相对于普通话而言，但细一琢磨，这土里土气的家乡话里大有学问！文言文是以古汉语为基础的文言写成的文章，看似和天水方言没什么瓜葛，但天水方言里确实存在着文言文书面字（词）。这些文言文书面字（词）不知何时从圣贤经典里或从文人雅士的笔下传到了天水老百姓的口头上，融入了天水方言。然后祖祖辈辈就这么说，就这么传。所以，今天的即便一字不识的天水人，一张口还使用着这些文言文书面字（词）呢！下面试举数例：

腤（ān） 天水方言里与安同音。

腤的本义是烹煮。《广韵》：“腤，烹煮鱼肉也。”烹煮（腤）时汤水一定要烧到沸腾起来，这时的腤着的水（汤）也就是开水了。天水人把开水叫腤水，把水开了叫水腤了，这只是一种习惯叫法，是没错的。有的地方把开水叫滚水，也是习惯叫法。脂的本义天水方言里也在用，如："肉还没烂，再脂一会会"，"再脂上一锅烟的功夫"，"洋芋脂面了"等。

卬(áng)《尔雅·释诂》下："卬，我也。"

在天水方言里卬与熬同音。天水市老城区、南河川一带的老人口音很接近标准音。卬的本义是我，在天水方言里其意被拓宽，包含了普通话里的我、我们、咱们。

例如：卬的屋里在飞将巷哩。

卬几个一搭跟集去的。

成了亲卬就是一家人了。

卬、我，在天水方言里同时使用，有时有细微的差别。

猋(biāo) 猋的本义是犬奔跑，引申为迅疾。《楚辞》："靈皇皇兮既降，猋远举兮云中。"天水人说"我过来过去猋了几趟子"，"我几步猋着前头了"，也是快速奔跑的意思。

滮(biāo) 滮的本义是指水流的样子。天水人说"水从崖上滮下来了"，"水滮了人一身"。意思相同或相近。

瀌(biāo) 瀌的本义是形容雨雪大。《诗经》："雨雪瀌瀌……"天水方言说："今天的雨猛得很，间响雷着就大雨瀌开了。"

婥(chuò) 婥的本义是不顺。在天水方言里与戳同音。

例如：他是左撇子，右手婥着哩！

地方太窄，干活婥着哩！

歠(chuò) 歠的本义是吸；喝。屈原《渔夫》："众人皆醉，何不餔其糟而歠其醨。”天水人说“歠了两碗散饭”，意思稍有变化。

厝（cuò） 厝的本义之一是放置。《贾谊传》：“夫抱火厝之积薪之下，而寝其上……”在天水方言里厝与戳同音。

例如：把铁锨厝着哪搭了，人寻不着。

物件胡厝哩！

昳（diě） 昳的本义是午后日偏斜。《原涉传》：“诸客奔走市买，至日昳皆会。”天水方言说“日头昳窝了”，是指太阳落下去了。

鲰（zōu）《正义》：“鲰，谓杂小鱼也。”天水有一种饭食叫锅鲰，常用玉米面、高粱面制作。锅鲰是雅的叫法，也叫凉粉鱼儿、面鱼儿、滴核（hú）儿。

晬（zuì） 晬的本义之一是婴儿周岁。《茅山玄靖先生广陵碑铭》：“先生孩提则有殊异，晬日独取《孝经》如捧读焉。”在天水方言里把过生日叫过晬（多指小孩），小孩几岁也说成几晬。

谡（sù） 谡的本义是起来。天水人说“谷子谡谡地往上长哩”（谡谡形容长得快），谡谡也指风声。东坡诗：“卧听谡谡碎龙鳞。”天水人说：“风吹的谡谡的。”

螫（shì） 螫的本义是毒虫刺人。天水方言说：“着蜂儿螫了。”调皮话说准确命中目标：“肿（准）得像蜂儿螫下的一样。”

组（zhàn） 组的本义是缝补。天水方言说：“衣裳烂了，

组上两针。”（将组读为 zān）

齰（zé） 齰的本义是咬、啮。天水方言说：“牲口齰人哩。”（将齰读为 zái）

镠镉（jiāogé） 镠镉的本义是纵横交错。天水方言说：“几件事镠镉着一搭，把人忙坏了。”

醅（pēi） 醅的本义是未过滤的酒。杜甫诗曰：“盘飧市远无兼味，樽酒家贫只旧醅。”天水有一种小吃叫甜醅，也叫酒醅子。

漙（tuān） 形容露水多。诗经：“野有蔓草，零露漙兮。”天水方言说：“今早露水大得很，苜蓿地里全是水漙漙，人进不去。”还有“麦场上是水漙漙，没法碾场”的说法（这里的水漙漙是指麦场上水多）

注：零露即露水。

介（jiè） 介的本义之一是耿直。《孟子》：“柳下惠不以三公易其介。”天水方言说“那人介着哩”，“那是个介板”都含贬义。

黦（yuè） 黦的本义之一是污迹。晋周处《风土记》：“梅雨沾衣服败黦。”黦即脏。天水方言说“你的衣服太黦了”，“你的手太黦了，快洗去”，意思没变。

煴（yūn） 煴的本义是微火、无焰的火。天水方言引申为用微火炒，比如煴熟面（炒面），煴油面子（张川人冬天多煴油面子，喝法同于油茶）。

绎（yì） 绎的本义之一是抽丝。在天水方言里意思稍有变化。比如："麻线疙瘩绎了。"绎即散开了。"肠子绎出来了"，"绎肠倒肚"，绎即抽出。

拶(zā) 拶的本义之一是逼迫。天水方言说逼拶。比如：王老汉攀了个媳妇子，把人逼拶了坏了。

邂逅(xièhòu) 本义为不期而会。《诗经》："邂逅相遇，适我愿兮。"天水方言把哥哥的妻子和弟弟的妻子合称为邂逅或邂逅伍。

殷(yān) 殷的本义之一是赤黑色。《左传》："左轮朱殷。"朱，血色。血色久则殷。天水有一种树叫殷红柳。殷红即深红，红中带黑。

噆(zǎn) 噆的本义之一是咬；叮。《庄子·天运》："蚊虻噆肤，则通昔不寐也。"天水人说："牛着虻噆噆了，背上淌血着哩。"

嫽(liáo) 嫽的本义是美好。《诗经》："佼人嫽兮。"天水人说"这娃娃嫽得很"，有时是赞扬，有时是嘲讽。

蹋(tà) 蹋的本义是踩、踢。《汉书·武五子传》："山阳男子张定昌为卒，足蹋门户。"蹋是踢的意思。在天水方言里蹋、踩、踢同用。

戛(jiǎ) 戛的本义之一是形容困难而费力。唐代韩愈《答李诩书》："当其取于心而注于手也，惟陈言务去，戛戛乎难哉！""我戛戛"是挂在天水人嘴边上的话，"我戛戛，山陡得很，险乎爬不上来了"，"我戛戛，印两个人抬了个兀莫大的石头，险乎挣死了"。

荐引（jiànyǐn） 荐引是引荐，举荐之意。有的天水人直接说成引荐。天水人说亲事，男方找的介绍人叫媒人，女方找的介绍人叫内荐。荐就是引荐的意思。

缁帑（fányuān） 缁帑的本义之一是乱取。天水方言读为 fànluàn（缁乱），用法很活，比如：这娃娃缁帑得很（不安生、好动）。王家娃缁帑干果着哩（做干果生意）。没正事干，胡缁帑哩（无目的地干）。

栿（fú） 栿就是房梁。《水经注》："其一水至千秋门南流，迳神虎门下，东对云龙门，二门衡栿之上皆刻云龙风虎之状。"天水人把房梁叫栿，栿子、栿檩。

手之舞之（shǒuzhīwǔzhī） 手之舞之一词出于《孟子·离娄上》："乐则生矣，生则恶可已也。恶可已，则不知足之蹈之，手之舞之。"这是成语手舞足蹈的出处，形容喜极的情状。但在天水方言里，单用手之舞之来指责别人多事或挑衅。

例如：人家两家子的事，你在偏半个手之舞之啥哩！

你手之舞之的想咋？想挨两和吗？

形骸（xínghái） 形骸指人的形体、躯壳。《庄子·德充符》："今子与我游于形骸之内，而子索我于形骸之外，不亦过乎！"天水人说"看你的形骸难看的"，意思没变。

狼藉（lángjí）《辞源》解作"散乱不整貌"。《史记·淳于髡传》："履舄交错，杯盘狼藉。"《现代汉语词典》解作"乱七八糟，杂乱不堪"。天水方言将狼藉读为 lángxi。在古籍中，籍、藉可以互用，而藉又通耤。天水人既把耤河（jíhé）读作 xīhé，把狼藉读为 lángxi 也就不奇怪了，而词义倒没有多大变化。

例如：那房子里狼藉得很，不收拾不能睡人（指不整洁，杂乱）。

那女人狼藉得很（多指着装不整齐或不讲卫生）。

除上所举之外，天水人把黑痣叫黡子，把公羊叫羝羊，把触雷电叫雷殛了，说泉水绿滢滢的。这其中的黡、羝、殛、滢也是文言文书面用字（词）。

再如：险乎从崖上跌下来了。

那儿脏兮得很。

你事啥着哩？

给驴把愁之（也可写作愁子）戴上。

以上这些句子文言文的印迹也是很明显的。

天水方言用词用字举例

阿 ā　阿伯子　阿公　阿家　阿姨　阿嫂　阿嚏（打喷嚏）阿娘

注：在天水方言里还有一种语言现象："你是阿（哪）里人"，"阿搭（哪儿）都寻到了，就是寻不着"，"在兀阿搭（那儿）放着哩"。这种语言现象与"阿"字的本义无关。

啊 ā　啊呀　啊哟

注：除了啊呀、啊哟表惊讶的词外，天水方言里还有啊呀呀、啊哟哟两词，往往用在嘲笑别人的句子里。例如：啊呀呀，你就能得很！啊哟哟，没听过人有六尺高的！

挨 āi　挨家挨户　挨得近近的　挨挨齐齐　挨边上走　一个挨一个　挨不上边　挨着一搭了

ái　挨打　挨饿

注：在天水方言里"挨"不分声调。

崖 ái　崖崖　崖埂塄　崖豁豁　崖头级

碍 ài　碍事　碍手碍脚　碍口　把人碍住了　碍面子

安 ān　安家　安顿　安然　安闲　安生　安稳

注：安生一词有两意：生活安定；安静。

例如：过几年安生日子。安安生生过日子。

这娃娃一阵阵都不安生。

腤 ān　水腤了　腤水　腤了一锅菜

注：腤的本意是烹煮（鱼、肉）。烹煮时水（汤）一定要烧到沸腾起来，这时的腤着的水（汤）也就是开水了。所以天水人把开水叫腤水，把水开了叫水腤了，是一种习惯的叫法。腤了一锅菜、洋芋腤面了的腤则是腤的本义的活用。

在天水方言里腤、安同音，接近普通话的 ǎn。

唵 ǎn

例如：唵了两口熟面（唵是指把粉末状的东西往嘴里塞）。

揞 ǎn

注：揞是指把药面面或其他粉末敷在伤口上。在天水方言里揞的用法较灵活，如“头打烂了，快抓一把烟叶子揞上”，“把嘴揞上；给的钱是揞嘴的”，“水桶漏水用手揞不住”。（后两句的揞实际是堵的意思）

卬 áng

注：卬是一个书面用词，意思是我。在天水方言里卬与熬同音，接近于普通话的 áo。其意也包括了普通

话里的我、我们、咱们。

例如：这是卬的娃。（卬：我、我家）卬都吃饱了。（卬：我们）成了亲，卬就是一家人了。（卬：咱们）

巴 bā　巴不得　巴望不得　巴望　巴掌　巴结　结结巴巴　干巴巴

例如：皮子剥了巴着墙上。

前不巴村，后不巴店。

馍馍焦巴了。

一身泥巴。

凉粉巴巴。

注：天水方言把凉粉巴巴里的巴巴读为 guǎguǎ。巴巴，粘结之物也。

疤 bā　伤疤　脸上长了个疤疤

粑 bā　玉米面粑粑

朳 bā　朳儿

注：朳是一种碾场时用的农具，是无齿的耙子。天水人说“扔下朳儿拢扫帚”，形容起场时的忙碌。

扒 bā　扒上扒下　扒着墙头上　扒牢了

拔 bá

注：拔有把东西放在水里使变凉的意思。在天水方言里用法较活。“灰菜焯了在凉水里拔一下”，这里的拔不只是为了变凉，还有去掉某种味儿的意思。“过年豆腐拔了一大缸”，这儿的拔是指把豆腐泡在水里，防止

变坏。

把 bǎ　把关　把门　把稳　把式　把戏　把住　一把子（人一群，一帮叫一把子，含贬义）

bà　锄把　花儿把把

屉 bǎ　屎屉屉　牛粪屉屉　娃屉下了

罢 bà　罢了　罢手　罢休　吃罢饭了　说罢了

掰 bāi　一掰两半个　掰不开

摆 bǎi　摆好　摆阔　摆设　摆架子　摆摊子　摆手　摆过来摆过去　打摆子

扳 bān　扳着指头数数　扳不倒　扳了一根树股子　扳住树股子上去了

班 bān　班辈

般 bān　般配

搬 bān　搬弄是非　搬家　搬走了

板 bǎn　地板住了　脸板下了　那人板滞得很

绊 bàn　绊跤　绊了一跤　使绊子　绊住了　这一跤绊疼了（这儿的绊字实际上是摔或跌的意思。）

拌 bàn　拌草　拌搅　拌嘴

例如：走路两脚拌蒜哩，大概酒喝多了。

半 bàn　一年半载　半彪子　半吊子　半瓶水　半生半熟半夜三更　半死不活

帮 bāng　帮补　帮衬　帮腔　帮手　帮凑　帮口　船帮帮　鞋帮帮　一帮子　菜帮子

哪 bāng　哪唧　哪唧鼓　哪哪地响

膀 bǎng　肩膀　鹰膀子

注：膀和肩相连，天水人用膀肩一词表示差不多或合适。

例如：这两集的斗价还膀肩。

绑 bǎng　绑住　绑行李

抱 bào　抱了一窝鸡娃　抱厦　抱怨　抱奘（zhuǎng）腿

暴 bào　暴躁　暴跳如雷　头上的青筋都暴起来了（暴有鼓起来或突出的意思。）

背 bèi　背不住　背搭子　背篼　背集　背时　背兴　背眼　背搭手　背锅

注：在天水方言里“背不住”是承受不了的意思，而在普通话或其他方言里则是“说不定、或许”的意思。天水人把驼背叫背锅。

焙 bèi　焙干　焙一点花椒面

鐾 bèi　鐾刀子

注：天水方言读为 bī。

锛 bēn　刀子锛老了　铡刀锛了个豁豁

注：锛是说刀刃上出现缺口。而在天水方言里则多指对刃具的使用过度或不当，使刃具不锋利。锛子是一种木工工具，即天水人说的平斤。

奔 bèn　奔头

另如：都奔七十的人了还忙啥哩！

注：这句中的奔是指年龄接近，奔七十就是接近七十。

在普通话里（用手等）伸向不易达到的地方接触或拿来，就说“够不着；够得着”。而天水人则说“奔不着；奔着了”。

另如：前奔不着人家，后奔不着店家。

绷 bēng　绳子绷紧　衣服紧绷着身上　绷展睡了一觉　粮食紧绷紧够吃

běng　绷脸　绷笑儿

注：绷脸一词在普通话里是板着脸，表示不高兴的意思，而在天水方言里则指闹翻了。

例如：小张小王是好朋友，最近因为一件小事绷脸了。

bèng　墙上绷口子了

注：绷在普通话里读三个声调，意思各有不同，而在天水方言里只读 běng 一音。

逼 bī　逼拶（zā）

注：逼拶即逼迫，如“攀了个媳妇子把人逼拶坏了”。

秕 bǐ　秕谷子烂糜子　秕糠

注：秕和瘪这两个字都有“不饱满”的意思，秕子意同瘪子，秕谷意同瘪谷。所以普通话里有些用瘪字的地方，天水方言都用了秕字。

例如：篮球没气了，秕了。

羊没吃饱，肚子秕秕的。

兜兜里秕着哩(没钱)。

鄙 bǐ　鄙薄

注:鄙薄有轻视或看不起的意思。如说:“你这是鄙薄人哩!”调皮话“猪八戒照镜子，当面鄙薄人哩!”鄙薄则是当面给人难看。天水方言里还有指小气、待人不厚道的意思。如说:“摆这几个菜待人，太鄙薄了!”

毕 bì　毕竟

例如:毕竟进了一回大学门。

庇 bì　庇护

滗 bì　把汤滗着倒了　把饭滗上　把钱滗干了

注:滗是指把渣滓或泡着的东西挡住，把液体倒出来。在天水方言里用法稍有变化。

闭 bì　我闭了一口气。

壁 bì　壁虱

避 bì　避忌　避嫌　避邪

编 biān　编谎　编造　编鋬笼(pànlǒng)

变 biàn　变卖　变赚　变言子　变卦了　变脸

缏 biàn　草帽缏子

　pián　缏纽门　缏裤带子

注:缏有两音，天水方言只读 pián 一音。

辫 biàn　辫子　一辫蒜　把头发辫住　蒜辫辫　三股麻绳辫起来

瀌 biāo　大雨瀌开了

猋 biāo　猋了几趟子　我一鼓劲猋前去了

注：猋也同飙，快速。

滮 biāo　水滮了人一身

俵 biào　俵碗子　又俵了一勺

注：俵是按份儿或按人分。在天水方言里把剩下的少量的东西再分配叫俵。

例如：把分残的这些粮食给各家俵了。

憋 biē　憋了一肚子气　气憋住了　泉憋坝了

劲憋得大得很

蹩 bié　蹩气

注：天水方言读为 piè。蹩气是不太体面的意思。凡是不好的东西，武都人都说蹩。

别 bié　别了一朵花　把门别上　别了一杠子　使别子　驮别子　线别子

biè　后人（儿子）别不过老汉。

另如：事情弄着别住了（进行不下去了）。

注：天水方言将别 biè 读为 pié。

冰 bīng　炕冰冰的　饭冰了　冰碴碴　冰冷　冰人　冰锅冷灶　冰凌

注：冰人一词有一雅一俗两意。书面用词里的“冰人”指媒人，天水方言里的再一层意思指冰凉。

例如：饭冰人了；炕冰人着哩。

剥 bō　剥离

例如：秦安的香水桃能剥离皮儿。

拨 bō　拨弄是非　拨粮拨款　拨过去

另如：拨上几个人锄地去。

　　　拿个棍棍拨一下。

薄 bó　薄地　薄情寡义　薄命　薄礼　薄待　广种薄收

簸 bǒ　簸粮食

　　bò　簸箕

啵 bo　（助词）

例如：你吃了啵？

　　　你想个法子行啵？

擦 cā　擦火柴　擦住墙走　擦黑到家　擦油　擦洗　擦萝卜丝　擦破了皮

嚓 cā　嚓的一声，扁担断了。

礤 cǎ　礤子　蔫萝卜老礤子　礤床

猜 cāi　猜测　猜忌　猜摸　猜疑　猜不着　猜谜　猜想

睬 cǎi　不理不睬　没人理睬

踩 cǎi　踩踏　踩点　踩高跷　踩稳当　着贼娃子踩住了

参 cān　参透　参不透

餐 cān　餐的本义是吃。在天水方言里有一种特殊用法，专指用粮食喂菜羊。

例如：羊餐了两个月了，肥得很。

残 cán　残汤剩饭　残缺不全　残疾　残害

孱 càn　孱头（骂人的话）

仓 cāng　仓促（也可写为仓猝）

操 cāo　操办　操持　操劳　操心

曹 cáo

注：曹是个书面用词，意同辈：吾曹、尔曹。在天水一些地方用来自指，相当于我、我们。

涔 cén　汗涔涔的

差 chā　差池　差失　差异　差错

chà　差不多　差得远　差多少

chāi　差事　支差

叉 chā　手叉着腰里

chá　河里的冰叉住了　羊圈门上安了个叉栏子

chǎ　腿叉开　叉着腿

chà　劈叉

插 chā　插了一杠子　插空空　插嘴　插手

注：天水人把衣服上的口袋叫插插，把小布袋叫插袋。

喳 chā　喳喳喳地话多得很

zhā　鸟儿喳喳地叫哩

注：喳读 chā、zhā 两个音，天水方言只读 zà 一音。

馇 chā　馇凉粉　馇醋酵子

察 chá　察觉　觉察　察言观色

搽 chá　搽胭抹粉

楂 chá　楂楂胡子　穿下一点短楂楂（衣服）

　zhā　山楂

碴 chá　冰碴碴　碗碴碴　碰着碴碴上了

例如：手被玻璃碴破了（天水方言读 zā）。

另如：树上的碴口是新砍的。

蹅 chǎ　蹅了两脚泥　刚下过雨，不要蹅地。

茬 chá　茬谷　茬田　倒茬　茬口

注：茬口还有机会的意思。

例如：这事得抓紧办，现在正是茬口。

杈 chà　树杈　棉花打杈

　chā　杈机扫帚

岔 chà　岔路　沟沟岔岔　岔开　岔音了　岔路　岔眼了

注：岔眼是说（马，骡等）因视觉错乱而惊恐猛跑。

天水方言说"把牲口惊岔了"。

拆 chāi　拆借　拆洗　拆卸　拆房卖院　拆情　拆东墙补西墙

搀 chān　搀水　搀和　搀假　搀杂　搀兑

馋 chán　嘴馋　眼馋　馋嘴子　馋人得很

缠 chán　缠线　缠人　缠几缠　难缠　胡搅蛮缠　缠子（小脚女人的包脚布）

谄 chǎn　谄情

注：天水方言里的谄情一词有主动帮人说什么或做什么的意思，有时有讨好之嫌。

例如：人家没叫我，是我谄情着帮忙哩。

我是谄情着说好话哩，人家还不愿意了。

骣 chǎn　骣脊梁　骣骑

刬 chàn　一刬

例如：新里儿新面儿新棉花，一刬新的棉袄。

敞 chǎng　敞开　敞快　敞亮　大门敞着哩　敞车

畅 chàng　畅快

注：畅快是舒适快乐，而敞快是爽快。

抄 chāo　抄着手　手抄住

绰 chāo　绰起棍子就打。

焯 chāo　焯菜

吵 chǎo　吵扰

车 chē　车渠

注：车渠指车轮。渠是车轮的外圈。渠还有途径之意。贯休诗："车渠地无尘，行至瑶池滨。"天水方言把办事顺利说车渠。

例如：房盖起来了，媳妇子娶进门了，今年的事车渠得很。

另如：头车窗子睡觉容易着凉。

你把头车过来。

扯 chě　一把扯住　拉扯　前拉后扯　胡拉八扯　拉拉扯扯　扯五尺布　三丈扯货

彻 chè　彻夜　彻了几个透夜

沉 chén　脸沉沉的　沉稳　沉住气　沉闷

碜 chěn　碜人　牙碜

称 chèn　称心　匀称

趁 chèn　趁早　趁便　趁热　趁手　趁凉　趁势

撑 chēng　撑开　撑不住　撑门面　撑破了　吃撑人了　撑腰

成 chéng　成亲　成天　成心　成家　成千成万　成年累月

注：成心与诚心不同，成心是指故意，而诚心是指诚恳的心意。

乘 chéng　乘便　乘势　乘机　乘凉

注：乘便与趁便意思相近，但乘凉与趁凉就大不一样了。乘凉是指热天到凉快的地方去休息，而趁凉是指趁着天凉行动。

例如：趁凉上路；趁凉下地。

逞 chěng　逞能　逞强

掌 chèng

例如：椅子的掌太小了，一踏就断了。

吃 chī　吃不准　吃大户　吃瞎账

吃粮食不问斗价　吃黑食

嗤 chī　嗤笑（讥笑）

痴 chī　痴迷　痴情　痴心妄想

迟 chí　迟早　迟哩早哩

另如：手伸的迟了；老太太走路迟得很。（这两个迟字是缓慢的意思。）

迟字在天水方言里还有等待或拖延的意思。

例如：这件事迟两天再说；有些事要能迟住哩，不能太急。

天水方言将迟读为 cí。

冲 chōng　冲撞　冲刷

chòng　娃伤食了，屎冲人得很。

你喝酒了，气味冲人的。

重 chóng　重三沓四　重沓子了

抽 chōu　抽工夫　抽空空　抽了几鞭子　抽穗　抽椽换檩子

搊 chōu　孙子搊着奶奶　把箱子搊着翻过来　把口袋搊着立起来

愁 chóu　愁肠　愁眉苦脸　愁眉锁眼　驴愁子（笼嘴）

瞅 chǒu　瞅了一眼　瞅准了

出 chū　出落　出脱　出息　出圈圈　出粜

憷 chù　憷头子（也写作怵头子）

搐 chù　病人搐哩　搐了一疙瘩

注：搐的本义指肌肉抽搐。在天水方言里其意被延

伸。如：搐了两个荷包；这个布爱搐得很；王二这两天搐下了；你的嘴搐着。

欻 chuā　欻拉

例如：年轻人走路欻欻欻的，到底有劲哩。

给娃娃买个欻拉。

我听着欻的一声。

啥欻拉欻拉地响哩。

揣 chuāi　揣着怀里　揣手

chuǎi　揣测　揣摩　揣摸　揣情　揣心病　揣骨算命

揣炕热了吗

篅 chuán　篅子（天水方言读为 shuán）

串 chuàn　串换　串门　串味　烟串了　看串行了　一串珠子

创 chuāng　创破了　创疼了

闯 chuǎng　闯荡　闯练　闯祸

捶 chuí　挨了两捶　美美捶了一顿

戳 chuō　戳了个眼眼　戳脊梁骨　戳了一锥儿

注：戳的本义之一是“用力使长条形物体的顶端向前触动或穿过另一物体”，戳了一锥儿的戳就是这个意思。在天水方言里还有以下说法：把羊皮戳了；戳玉米；脚着苜蓿茬戳破了；说话戳人心哩；叫人家戳了一顿；戳皮抹帽等。

婼 chuò

注：婼是不顺。

例如：左手干活婼着哩。

歠 chuò　歠了两碗散饭

刺 cī　刺啦　刺溜　刺刺响

cì　手上扎了个刺　刺眼　刺耳

跐 cī　脚下一跐滑倒了　跐溜　跐上钢下

瓷 cí　瓷实　瓷瓷一背斗草　地础瓷了

匆 cōng　匆忙　匆匆忙忙

凑 còu　凑搭　凑份子　凑合　凑巧　凑热闹　凑手　凑数　凑钱　凑近　往前凑一下　凑着跟前

粗 cū　粗茶淡饭　粗手笨脚　粗鲁

簇 cù　一簇子鲜花　簇拥

氽 cuān　氽丸子　氽汤　氽菜

撺 cuān　撺掇　撺弄

蹿 cuān　身子往前一蹿　蹿远了　猫蹿上房了　蹿活

攒 cuán　攒礼　攒聚　攒钱

zǎn　攒钱　攒粪　积积攒攒

爨 cuàn　给灶火里爨个柴

注：爨本指灶或烧火做饭。

脆 cuì　脆瓜　脆生生　清脆　干脆　脆骨

啐 cuì　啐了一口唾沫

翠 cuì　翠生生　翠绿

皴 cūn　手皴了

蹲 cún　腿蹲了

dūn　蹲下　蹲膘　蹲着家里不动弹

注：蹲有 cún、dūn 二音。天水方言只读 dūn 一音，所以把腿蹲 cún 了读为腿蹲 dūn 了。

搓 cuō　搓手　搓麻绳　搓板　搓洗　搓挼

撮 cuō　撮撮　撮马勺　撮着一搭　撮一簸箕土　撮弄

zuǒ　一撮头发　一撮撮韭菜

厝 cuò

注：厝是放置的意思。

例如：你把剪子厝着哪搭了？

厝着这搭，厝着兀搭。

错 cuò　错车　错怪　错开来　错一下　把门错过关上

耷 dā　耷拉

例如：狗尾巴耷拉拉地掉着哩。

膣 dā　肥膣膣　腻膣膣

搭 dā　搭伴　搭手　搭伙　搭腔（答腔）　搭理（答理）　搭帮　搭碴（答碴）

沓 dá　一沓沓钱

tà　重三沓四

注：沓有 dá、tà 两音。天水方言只读 tá 一音，所以应读作一沓沓（dá）钱时读为一沓沓（tá）钱了。

打 dǎ　打盹　打饱嗝　打量　打听　打马虎眼　打

发　打转转　打斜　打滑　打皱皱　打消

大 dà　大大　大约摸

注：天水方言里有称父亲为大、大大的；也有称叔、伯为大、大大的。

逮 dǎi　把小偷逮住了

怠 dài　怠慢

待 dài　待承　待人接物

单 dān　单薄　单帮子　单打一　单单　单独　单过

耽 dān　耽搁　耽误

担 dān　担待　担不是　担惊受怕　担保

胆 dǎn　胆量　胆怯　胆战心惊　胆大妄为　胆大包天

淡 dàn　淡忘了　淡薄

当 dāng　当路　当街道　当腰　当院　敢作敢当

dàng　当人　当家子　当真　当口　当时　我当谁

注：当人在天水方言里是看得起的意思。例如：小花寻了个阿公家，不太富裕，但是把人当人，也就能行。

档 dàng　木头档档　划档档　档档多得很

倒 dǎo　倒腾　倒茬　倒手　倒灶　倒爷　倒换

dào　倒茶　倒栽葱　倒插门　倒打一耙　倒找

捣 dǎo　捣了一胳肘子　捣烂了　捣腾　捣鬼　捣乱

到 dào　到底　到了　到头来

例如：你到底来不来？

路跑了，亏吃了，到了还落个不好。

折腾来折腾去，到头来还是光背背。

道 dào　道贺　道喜　道谢　道道地地

得 dé　得济　得志　得罪　得过且过

扽 dèn　把绳子扽紧　把衣裳扽展　扽住　一人扽一头　扽过来扽过去

注：扽字的本义只有两头用力拉或一头固定另一头拉；拉紧。而在天水方言里用法较活。例如：把给我的东西他先扽了些；一把葱你扽一根他扽一根；借你的啥就扽筋哩；几根黄瓜让娃娃拉扽上了；防把柜顶上的东西扽下来。

戥 děng　戥子

瞪 děng　吹胡子瞪眼　瞪了一眼　瞪白眼仁

低 dī　低三下四　低声下气

羝 dī　羝羊

滴 dī　滴里嘟噜　滴溜溜　滴溜眼转　滴水成冰

注：滴溜溜在普通话里形容旋转或者流动。天水方言里还形容走路不稳。

例如：月娃子（小娃娃）滴溜溜地会走了。

抵 dǐ　抵挡　抵赖　抵命　抵消　抵账

底 dǐ　底气　底墒　底细　底子

地 dì　地窨子

掂 diān　掂量　这石头你掂不起来

颠 diān　颠顿　颠三倒四　连颠带跑　颠了　驮子颠下来了

注：颠顿一词的本意是颠沛困顿。但天水方言把老年人说话颠三倒四或记忆不清叫颠顿了。例如：张大爷八十几了，饭吃了说没吃，老颠顿了。

颠有颠簸的意思。天水方言只说颠，并把颠读为 dā n。例如：路不平车颠得厉害。不太陡的坡叫颠颠坡。

点 diǎn

例如：脚一点地就蹿上墙头了。

那人点蹿的很。（点蹿：敏捷）

踮 diǎn　脚踮起来看

垫 diàn　垫背　垫底　垫圈（给牲口垫圈）　垫子　垫两块砖头

惦 diàn　惦记　惦念

刁 diāo　刁难　刁顽　刁钻　刁工夫　刁空空

叼 diāo　狗把娃的馍叼走了

吊 diào　吊儿郎当　吊丧　吊孝

铫 diào　砂铫（天水方言读为 tiào）

跌 diē　跌下来了　跌跌撞撞　跌水　跌倒

昳 dié

例如：日头昳窝了。（昳：日头偏西）

喋 dié　喋喋地话多得很。

丁 dīng　丁零当啷

叮 dīng　叮住问　叮咬　叮咛

钉 dīng　钉梢　钉住了　钉上了

顶 dǐng　顶事　顶数　顶用　顶嘴　顶替　顶撞　顶牛　顶大顶好　牛顶人了　顶门杠子

丢 diū　丢人　丢三落四　丢手　丢丑　丢脸

兜 dōu　兜底　兜圈子　兜兜

斗 dǒu　吃起来一斗拿起来五升　斗价　斗行　斗大的字识了五升

dòu　斗凑　斗嘴　斗气　线头头斗着一搭

逗 dòu　逗笑　引逗

笃 dǔ　笃实

肚 dǔ　猪肚子　羊肚子

dù　肚量　肚皮　肚子

注：天水方言说某人肚子大，是指胆子大。说肚量大是指能宽容人。

端 duān　端量　端正　端庄　端茶倒水　端老底

断 duàn　断粮　断顿　断官司　断然　断断

注：断有拦截的意思。天水方言说把贼娃子断跑了，意思稍有变化。

对 duì　对火　对襟　对劲　对路　对头　对换　对付　对着镜子

墩 dūn　树墩子　门墩　土墩　菜墩子　石墩

撴 dūn

注：撴是抓住。

例如：我一把把小偷撴住了。天水方言读为 dēn。

蹾 dūn

注：蹾是指重重往下落。

例如：把下井（水桶）蹾脱底了。

把口袋往瓷里蹾。

脑顶子提起蹾了几下。

敦 dūn　敦厚老实

盹 dǔn　打盹

多 duō　多咱　多事　多心　多嘴

注：多咱是问什么时候。

例如：你多咱去天水哩？

掇 duō　拾掇　掇把椅子过来

注：端是平举着拿；掇是双手拿。这两个字在天水方言里读音有别，但在拿东西这一层意思上互用。把饭端上来也可说把饭掇上来。

剁 duò　剁菜　剁排骨　剁了两根棍

注：剁指用刀向下砍。在天水方言里用法较活，有些在普通话里用砍字的地方，天水方言也用剁。比如砍树，天水方言里说剁树。

另如：我把老高棋干剁了两盘（指赢了两盘）。

小王叫人家剁了一顿（指训斥了一顿）。

讹 é　讹诈　讹人哩

恶 è　恶毒　恶狠狠　恶人　恶水（洗锅水）

注：恶字在天水方言里有凶猛、力量大的意思。

例如：张飞恶得很。

两个人绊一跤看谁恶（看谁劲大）。

恩 ēn　恩恩怨怨　恩将仇报

乏 fá　人困马乏　绳子用乏了　人要乏死了

翻 fān　翻白眼仁　翻盖　翻浆　翻腾　翻脸　翻箱倒柜

烦 fán　烦心　烦躁　烦琐（同繁琐）

缗 fán　缗帑（yuān）

注：缗帑是乱取的意思，天水方言读为 fàn luan。用法也活。例如：碎月娃缗帑得很，一阵阵上树了，一阵阵掏雀儿去了，夜个把我的箱子翻了，不着缗帑啥哩！老王前年缗帑着贩牲口哩！

繁 fán　繁华　两棵苹果繁得很

犯 fàn　犯愁　犯难　犯不着　犯忌

嬎 fàn　鸡嬎蛋着哩

仿 fǎng　仿效

放 fàng　放荡　放量　放晴　放账　心里放明白　放虎归山　放树　人放倒了　放心放胆　把三堵墙放了

注：放树、人放倒了、把三堵墙放了的放都是弄倒的意思。

风 fēng　风风火火　风言风语　风凉话　风土人情

疯 fēng　疯疯癫癫　棉花长疯了　疯话

缝 féng　缝缝补补

fèng　门缝缝　裂了缝子

肤 fū　肤浅　肤皮潦草

浮 fú　浮皮　浮水　浮头　浮土　浮躁　浮皮潦草　浮肿

服 fú　服侍　服帖　服输　不服水土　服服帖帖

栿 fú　栿梁　栿子　栿檩

扶 fú　扶持　扶帮

缚 fù

注：缚指捆绑。在天水方言里用法较活。

例如：骡子恶得很（劲大），没人能缚住（缚住即控制住）。

又如：辣椒太辣，我缚不住（缚不住即吃不下去）。

嘎 gā　嘎嘎　嘎巴　嘎吱

例如：你叽嘎嘎地咋哩。

树股枝嘎巴一声断了。

王肥子压得椅子嘎吱嘎吱响哩。

该 gāi　该当　该死　该人家钱　礼应该当　该欠　该合适

盖 gài

注：盖有超过、压倒的意思。

例如：米新洪的大净西北五省盖住着哩。

干 gān　干瞪眼　干碍　干巴巴　干晒下了　与她无干　干系　干着急　干打雷　干冷

甘 gān　甘愿　甘心　心甘情愿　甘苦　甘甜

赶 gǎn　赶紧　赶忙　赶巧　赶快　赶鸭子上架　赶早　赶庙会

敢 gǎn　敢是

注：敢是是说大概是，表估计或推测，也有的人说怕是。

例如：这不像去李庄的路，敢是（怕是）走岔路了吧！

擀 gǎn　擀杖　擀面　擀毡

刚 gāng　刚才　刚好　刚刚　刚巧　刚合适（作副词时天水方言里读为 jiáng）

戆 gàng　戆着哩（愣着哩）

钢 gàng

注：钢本指在布、皮、石上磨刀。在天水方言里用法较活。

例如：把刀在石头上钢几下就快了。

把萝卜上的泥钢了。

驴在树上钢脖子着哩。

杠 gàng　杠子　一笔杠了　红杠杠

高 gāo　高挑身材　高攀　高抬贵手

告 gào　告饶　告诫

膏 gào　膏油

搁 gē　搁置　搁不住（承受不住）

疙 gē　疙瘩　疙里疙瘩　疙瘩冷子　疙疙瘩瘩　疙瘩碌础

圪 gē　圪垯　圪蹴　圪塄（指角落）

例如：你藏着炕圪塄都要把你撴出来哩。

注：《现代汉语词典》上疙瘩有好几种写法：圪疸、圪垯、纥垯、疙瘩、屹嶝，意思相近或相同。圪蹴一词是指蹲下。天水方言里只说蹴（jiǔ）。

例如：老汉在地埂塄上蹴着哩。

在遇到困难、麻烦、被外界压力压得人直不起腰来时，天水方言才说“人圪蹴下了”。

咯 gē　咯噔（象声词，指女性穿皮鞋走路声）

咯吱（象声词，扁担闪起来的响声）

另如：王家出事了，我的心咯噔地一下，腿都软了。

门咯吱一声开了。

胳 gē　胳膊　胳肘子　胳臂（bei）　胳臂拧不过大腿

gā　胳肢窝

虼 gè　虼蚤

根 gēn　根基　根底　根由　根究　根源

艮 gěn　人艮得很　虚艮萝卜

另如：小马说话艮人哩。

耿 gěng　耿直（梗直　鲠直）

哽 gěng

例如：吃了两口冷洋芋哽住了（也说噎住了）。

供 gōng　供给娃娃念书

　gòng　供奉　供品　供养　供桌　供着鲜花

弓 gōng　弓着腰　腰弓背驼　弹弓

勾 gōu　勾销　勾画　勾搭　勾芡　勾缝子　勾引　勾起往事　勾连

沟 gōu　沟沟坎坎　沟沟渠渠　水沟沟　瓦沟沟

垢 gòu　垢痂

咕 gū　咕咚　咕嘟　咕隆隆　咕哝哝　咕噜噜

估 gū　估堆堆　估摸　估量　估算

例如：这些菜估堆堆要多少钱？

注：天水方言也说断堆堆。

孤 gū　孤单　孤拐　孤僻　孤寡老人　孤零零

骨 gū　骨朵儿　骨碌碌

　gǔ　骨力　骨气　骨血　骨殖（shi）

注：骨殖（shi）就是尸体。天水人骂人：扔骨殖去了。

箍 gū　箍缸　箍桶子　箍了三道圈

古 gǔ　古怪　古今

注：天水方言中把讲故事叫说古今。

例如：婆婆一肚子的古今。

股 gǔ　两股绳　三股水　树股枝　一股味道　两股路　人分了三股子

注：天水人把几根细麻绳拧成一根较粗的麻绳叫股

绳。

眭 gǔ （瞪大眼睛——表示不满）

例如：眼仁瞪下还眭人哩。

注：眭在天水方言里还被引申为恐吓、强迫。例如：小月娃不愿去偷人家的杏儿，叫几个大娃娃眭住去了。

顾 gù　顾及　顾忌　顾不过来　顾不上　顾家　顾脸

故 gù　亲故　沾亲带故　故交　故旧　故意　故弄玄虚

刮 guā　刮糨子　刮胡子　刮风　刮麦

另如：把锅里的恶水刮着倒了；拿铣来刮几下；把散颗粮食刮着一搭；棍刮得光得很。

瓜 guā　瓜葛　瓜子（傻子）　瓜子脸

寡 guǎ　寡寡的　清汤寡水　薄情寡义　鸡下寡蛋

注：在天水方言里寡寡的指冷清、没动静。例如：老王家这两天寡寡的，大概人不在。

剐 guǎ　千刀万剐　剐麦　骨头剐得净净的，没肉

掴 guāi、guó 掴了两巴掌

注：掴字两音一意，天水方言读 kuò。

另外，天水方言还有掴菜；掴了一把葱叶子；掴了两鞭杆的说法。

乖 guāi　乖乖　乖巧　娃乖得很

拐 guǎi　拐过来拐过去　墙拐拐　拐角　拐线

走路一拐一拐　拐骗　拐棍　脚拐子　拐弯子

另如：字没孩子识得多，脾气倒比孩子拐得多。

注：此处的拐即坏、不好。在天水方言里不好的事物都可说拐。

怪 guài　怪不得　怪里怪气　怪模怪样　怪罪

注：“归奇顾怪”本指明代的归庄和顾炎武，但在天水方言里当奇怪用。

例如：哪里这么多归奇顾怪的事情。

官 guān　官泉　官路　官价

注：在天水方言里，官与私是一对反义词。

例如：这是官路（大家的路）不是你家的私路。

关 guān　关涉　关头　关乎　关碍　关照　关连

冠 guān　冠冕堂皇　鸡冠冠花　鸡冠子

鳏 guān　鳏寡孤独

掼 guàn

例如：从崖上脑顶子掼下来了（头朝下跌下来了）。

灌 guàn　灌米汤　灌药　灌牲口　灌耳音　灌浆

光 guāng　光杆杆　光棍　光阴　光溜溜　光秃秃　光趟光景　一碗水一气光了

咣 guāng　咣当　门咣地一声关上了

桄 guàng　桄线　线桄桄（线拐子）　一桄桄线

鬼 guǐ　学鬼一点　鬼迷心窍　鬼混　鬼头鬼脑

诡 guǐ　诡诈　诡人哩（诡：欺诈）

滚 gǔn　滚瓜溜圆　滚瓜烂熟　滚边（绲边）　滚鞋口子　水滚了

锅 guō　锅盖　锅墨　锅伙　锅鳜

裹 guǒ　裹腿　裹紧　裹着一搭　裹不住

过 guò　过房　过活　过火　过继　过错　过门　过瘾　过于　过分　过世

哈 hā　哈喇味（指含油食物日久变坏）　哈欠

骸 hái　形骸

害 hài　害口　害羞　害臊　害眼　害娃着哩　害祸

鼾 hān　鼾声　拉鼾睡

憨 hān　憨厚　憨娃娃　麦苗憨敦敦的　憨愣愣

寒 hán　寒毛　寒苦　寒酸　心寒　胆寒　寒冬腊月

罕 hǎn　罕见　稀罕

汗 hàn　汗褂儿　汗津津　汗毛　汗衫　汗褟（天水方言读为汗 hàn tǎn）

夯 hāng　夯实　夯瓷　打夯　气夯得很

注：夯还有用力扛的意思。

例如：二百斤的麻袋我硬夯回去了。

夯还有冲撞之意。所以天水方言有夯倒了、夯夯挤挤的说法。

薅 hāo　薅草

毫 háo　毫系子（秤杆上用手提的绳绳）　毫厘

好 hǎo　好的（di）

注：天水方言里好读 hào，只有说好的（hǎo di）时才读 hǎo。好的意思是指妇女举止轻佻，卖弄风骚。而

实际使用时多为戏语。

号 hào　号栈　连不上号栈

注：这里的栈指客栈，即旅店。号有标上记号的意思，所以号栈一词用现在的话说就是到了旅店并登记好了房子。过去的人出行不便，往往天黑赶不到旅店，天水方言就说“连不上号栈”，并把号栈读为 hào qiān。连不上号栈一语现在常用来比喻接续不上。例如：和泥费水得很，担水的人少了就连不上号栈。

耗 hào　耗费　耗磨　点灯耗油　水耗干了　耗神　耗气力

呵 hē　呵欠　呵一口气

和 hé　和气　和善　和顺

huó　和泥　和面

huò　和搅　搅和

注：和是多音字，和作为量词专指洗东西换水的次数或一剂药煎的次数。

例如：衣裳洗了两和；捶了两和（打了两下）。

黑 hēi　黑不溜秋　黑沉沉　黑灯瞎火　黑洞洞　黑更半夜　黑咕隆咚　黑乎乎　黑压压　黑油油

狠 hěn　狠命（非常卖力）　狠活

哼 hēng　哼哧　哼哼唧唧　哼哼哈哈

例如：老汉挓着镢头，哼哧哼哧挖了半天。

横 héng　横顺　横挑鼻子竖挑眼

烘 hōng　烘干　热烘烘的　火烘烘地着哩

哄 hōng　哄堂大笑

hǒng　哄骗　哄人哩　哄娃娃　给娃娃买了个哄儿

红 hóng　红不棱登　红火　红扑扑　红运　红润　红里绿里

蕻 hòng　韭菜蕻子　萝卜出蕻子了

齁 hōu　齁喇人（糖吃多了，嗓子齁喇人）　齁齁（天水人把哮喘叫齁齁）

厚 hòu　厚道　厚墩墩　厚实

呼 hū　呼噜　呼哧　呼扇

忽 hū　忽闪　忽地一下站起来

注：呼扇、忽闪有别。例如：木板桥太长了，人走上去呼扇呼扇的。屋里的灯忽闪地一下又灭了。

囫 hú　囫囵

例如：这几天太忙了，没睡个囫囵觉。

太乏了，连衣服都没脱，囫囵身子睡着了。

胡 hú　胡说　胡扯　胡搅搭　胡搅蛮缠　胡来　胡闹　胡说八道　胡搅和　胡逛　胡子拉碴

糊 hú　糊墙　糊涂　糊涂虫　糊糊汤

hù　糊弄（指欺骗、将就）

核 hú　桃核　杏核　煤核核

唬 hǔ　几句大话唬住了　吓唬

砉 huā

例如：麻雀砉地一声飞上树了。

花 huā　花不棱登　花花搭搭　花费　花骨朵　花里胡哨　花哨　花腔　花销　花样

哗 huā　哗哗　哗啦

另如：门哗地一声关上了。

划 huá　划算　划得来　划不来　划不着　各划各账　划了一道口子　一划两半个

滑 huá　滑竿　滑溜　滑润　滑头　滑不唧唧

欢 huān

例如：戏欢得很。

谷子长得欢得很。

今天的仗骂欢了，险乎打开了（骂得很凶）。

缓 huǎn　缓慢　缓坡　缓气　歇缓　缓两天　缓过苗了　缓了三缓

荒 huāng　荒废　荒凉　荒歉　地荒了　功课荒了

慌 huāng　慌手　慌脚　慌慌忙忙　慌手子了　慌乱

黄 huáng　生意黄了　戏黄了　黄摊子　事情搅黄了

喤 huáng　喤喤（形容钟鼓声）

例如：天没亮，义门寺的大钟就“喤……喤”地响！十里路上都能听着。

谎 huǎng　谎话　编谎

晃 huǎng　晃眼睛　一晃几年

huàng　摇头晃脑　晃荡

另如：一桶水晃荡晃荡洒了一路。

灰 huī　灰不溜丢　灰不溜秋　灰溜溜　灰蒙蒙　灰沉沉　灰背了

回 huí　回避　回潮　回话　回敬　回绝　回礼　回门　回暖　回手　回嘴

讳 huì　忌讳　讳忌

昏 hūn　昏头昏脑　昏天黑地　昏昏沉沉　昏头转向

浑 hún　浑身　浑全　浑头浑脑

混 hùn　混账　混日子　混浊　混进会场了　混乱　胡混着里　混着经堂吃卷子里

豁 huō　豁出去　豁口　豁了一道口子　豁气　豁牙豁齿　豁豁

huò　豁朗　豁亮　亮豁豁的　豁了来了

注：豁口本指缺口。在天水方言中除了缺口一意外，还把大拇指与食指中间的部分叫豁口。大拇指和食指张开量得的长度叫一豁口，大约五寸。另外，豁还有免除的意思。天水人说：你豁了来了；奶奶豁了生气了；豁了说没处用的话了。以上各句中的“豁了”都是不用、不要的意思，由免除意引申来。

劐 huō　一刀把鱼肚子劐开了。

注：豁开是裂开的意思。劐开是用刀插入物体顺势拉开。两词音同意别。宰猪开膛就用劐开。

活 huó　活便　活该　活计　活像　活得像　活谁像

谁　活生生

火 huǒ　火辣辣　火镰　火红　火色　火烧　火烧火燎　火绳　火煤子（火媒子）

伙 huǒ　伙计　合伙　一伙子　入伙

祸 huò　祸根　祸水　猪祸害白菜着哩

霍 huò　霍闪子（闪电）

叽 jī　叽叽咕咕　叽叽嘎嘎　叽叽喳喳　叽里咕噜　叽里呱啦

积 jī　积存　积蓄　积劳成疾　积攒　积积攒攒

墼 jī　墼子　墼母子　土墼　盘炕打墼子

激 jī　浪激了一丈高　激将　着雨激了　火激起来了

注：激本指（水）受阻碍向上涌。但在天水方言里用法较活。例如：火激了几丈高；我两步激着前去；两个人激起骂开了；水把火激灭了。

挤 jǐ　挤眼　挤眉弄眼　挤得匝匝的　挤压

寂 jì　屋里寂寂的

系 jì　系鞋带　系纽扣

忌 jì　忌口　忌讳　忌生冷

夹 jiā　夹七夹八　夹生饭　夹子　夹道　夹缝

痂 jiā

例如：手磕破了，长了个痂痂。

戛 jiá

例如：我戛戛，坡太陡了，险乎不得上来了。

我戛戛，没见过这么大的萝卜。

注：戛戛，形容困难，惊诧。

胛 jiǎ　胛骨（天水方言把肩叫胛骨，这是因为胛骨是肩部最重要的一块骨头）

驾 jià　驾辕　驾牲口

尖 jiān　尖声尖气　尖顶　尖溜溜　眼尖　耳朵尖　尖嘴子

另如：那人尖得很，一点亏都不吃。（尖：吝啬）

煎 jiān　煎茶　煎油饼　煎菜（热腾腾的饭菜）

注：煎在天水方言里既是一种烹饪方法，又有热的意思，与凉相对。

例如：饭煎（热）着哩。饭凉了，去热煎。

奸 jiān　奸猾　奸诈　那人奸（自私）得很

瀽 jiǎn　瀽了一碗水　瀽茶　瀽酒

注：瀽是一个方言词，意思是泼或倾倒。泼或倾倒的对象专指水或其他液体，但在天水方言里用法较活。

例如：瀽了半背斗麦衣；瀽了半簸箕粮食。

拣 jiǎn　挑拣　挑肥拣瘦　拣好话说　拣嫌

俭 jiǎn　俭省　省吃俭用

捡 jiǎn

天水方言把收麦时的麦捆捆叫麦捡捡。一捆叫一捡。把捆麦叫捡麦（捆扎）。捡麦前要把两小撮小麦穗搭在一起拧成一根绳子一样的东西叫腰。天水方言里还有草腰、草腰绳的说法。

贱 jiàn　贫贱　下贱　贱卑　贱货

见 jiàn　见不得　见怪　见外　见天每日

荐 jiàn　引荐　举荐　荐言

犍 jiàn

注：犍是指斜着支撑。

例如：墙倾斜了，先找个木头犍住。天水用的犁上斜撑着的那根木条叫犍。另外，天水话把倾斜着身子躺下叫犍。例如：犍着阳山塆塆晒暖暖着哩；先犍着炕上缓一下。

将 jiāng　将就　将住了　将起来了　将近

浆 jiāng　浆布　浆洗　浆水面

另如：稀泥浆子漫了一河坝。

僵 jiāng　冻僵了　僵硬　僵住了　弄僵了

缰 jiāng　缰绳

虹 jiàng

注：虹有 hóng、jiàng 两音。天水方言里只读 jiàng。

谚语：东虹日头西虹雨，南虹过来发霈雨（霈雨即雷阵雨）。

犟 jiàng　犟脾气　犟劲　犟板

交 jiāo　交道　交往　交待　交差　交情　交九

浇 jiāo　浇头　浇臊子　浇尿

焦 jiāo　焦巴　焦黄　焦躁　晒焦了　心焦了

轇 jiāo　轇輵（gé）

例如：几件事情轇轕着一搭，把人忙坏了。

嚼 jiáo　嚼舌头　嚼子

搅 jiǎo　搅浑　搅和　搅扰　搅匀　搅团　搅拌

绞 jiǎo　开绞绞　绞辘辘　绞把儿　绞脸（拔脸）

角 jiǎo

注：角有 jiǎo、jué 两音。在天水方言里除了本该读 jiǎo 的口角、一角钱的角被读为 jué 而外，其余的都读为 guó。

墙角子　衣裳角子　牛角　羊角　豆角　一角辣椒

酵 jiào　酵面　酵子

较 jiào　较劲　较量

揭 jiē　揭老底　揭短　揭开　揭破

截 jié　截断　半截子　截住（阻拦的意思）　堵截

捷 jié　捷路　打捷

解 jiě　解酒　解乏　解救　解渴　解劝　解气

注：在天水方言里解馋、解扣子、解腰带、解牲口、把疙瘩解开的解读为 gài，天水有一村庄解家湾，解读 hài。

褯 jiè　尿褯子

介 jiè　介板　介着里　不介意

注：介本是耿直；有骨气的意思，是褒义。在天水方言里指不合群，含贬义。

禁 jīn　禁得起　禁不住　禁受（经受）

jìn　禁止　禁绝　禁住了　吹吹禁禁

襟 jīn　衣裳襟襟　大襟

紧 jǐn　紧巴巴　紧绷绷　紧凑　紧急　紧要　紧缺

尽 jǐn　尽早　尽快　尽后头　尽边上　尽量

jìn　尽心竭力　尽力　尽头（末端、终点）尽人皆知

妗 jìn　妗子（舅母）

惊 jīng　惊诧　惊动　惊扰　惊吓　惊惶　惊喜　马受惊了　惊险

注：骡马因害怕而狂跑不受控制叫马惊了。天水方言说人快速跑也用惊。

例如：我两步惊前去把小偷拧住了。

精 jīng　精干　精巧　精光

注：精光一词里精和光是一个意思。分开用时北京人爱用光，天水人爱用精。

例如：精脊背（光膀子）　精胳膊　精身

另如：一碗精肉（全是肉）　精菜（全是菜）　精是一碗洋芋（全是洋芋）

景 jǐng　景况　景气　景致　景遇

境 jìng　境况　境遇　家境　处境

揪 jiū　揪住　揪心　揪住绳子往上爬　揪耳朵

纠 jiū　纠缠　纠葛　纠集（鸠集）

究 jiū　追根究底　究竟　追究

就 jiù　就便　就近　就势　就事论事　就手　就地

咎 jiù　咎由自取

圈 juān　圈牛　圈羊　把娃娃圈在家里

锩 juǎn　刀锩刃了

桊 juàn　牛鼻桊子　把人曲得像牛桊一样

撅 juē　撅尾巴　树股子撅断了　绳撅断了

注：撅还有当面使人难堪或顶撞的意思。

例如：撅了一仗。把我撅了一顿。

橛 jué　木头橛橛　拴驴橛

谲 jué　意为欺诈。天水方言说：给人使谲哩。

倔 jué　倔犟

jué　倔脾气　那人倔得很

皲 jūn　手冻皲了

焌 jùn

注：焌有 jùn、qū 两音，意思也有别。

例如：jùn 焌焌馍。天太热，把人焌熟了。

qū 把烧红的木柴焌灭就成炭了。

圈小羊多，不开窗就焌死了。

均 jūn　均匀　均均匀匀　均摊

俊 jùn　俊俏　鞋样子俊　长得俊

喀 kā　喀吧　喀嚓

例如：喀吧一声扁担断了。

喀嚓一声树股枝断了。

揩 kāi　揩汗　揩干净

龛 kān　神龛

注：龛是供神佛的小阁，供给神、佛的献饭就是神龛饭。天水方言用神龛饭比喻现成的饭菜。比如：吃一碗神龛饭再走。只不过把龛 kān 读成 qiǎn。

坎 kǎn　沟沟坎坎　坑坑坎坎

另如：车走不动了，底盘坎住了。

过了这个坎就好了。

看 kàn　看承　看待　看笑话

注：天水方言里看字还用在礼节上，表恭敬。例如：看香、看盅（倒酒）、看坐。

闶 kāng　闶阆

例如：窨里头闶阆大得很，能窨几千斤洋芋。

炕闶阆大了烧不热。

把书放在桌闶阆里。

炕 kàng　炕粮食　暖热炕　玉米面干炕

筹 kǎo　筹笼（kǎolǎo）

例如：蒸了两筹笼蒸馍。

烤 kǎo

注：天水人把天旱了说是天烤了。如说：今年伏里烤得重了。

犒 kào

注：犒劳本是用酒食慰劳的意思。在天水方言里美

美吃一顿解馋也说犒劳。

例如：新猪肉我吃了满满一碗，真个是犒劳哩。

另如：买了一点犒娃娃的饼干；把娃犒乖；买个哄儿把娃犒一下。这几句中的犒，天水方言读为gào。

磕 kē　磕磕碰碰　磕头　磕膝盖　磕打几下　磕烂了　把烟锅磕了

瞌 kē　瞌睡

窠 kē　占窠窠　挪窠窠　谁家的窠窠　窠子（骂人的话）

注：窠的本义是鸟兽昆虫的窝。但在天水方言里多用于与人有关的事物。例如：在戏场里占个窠窠（指坐位）；后人长大了要安顿个窠窠（指房院）；树在谁家的窠窠上长着哩（指地方）。

搕 ké　抽匣撴不出来，搕住了。

可 kě　可怜　可恶　可心　可脚　可意　可嗓子喊　水可面子淌下来了

坑 kēng　土坑　水坑　坑坑洼洼　坑人　坑害

注：坑人是坑害人，而掯（kèn）人是刁难人。例如：叫事情把人掯住了。

吭 kēng　吭哧　吭声　吭气

空 kōng　空灵

kòng　空闲　空子　刁空子　空当　空心

另如：饶油不如空葫芦。

注：油葫芦是一种舀油量油的器具，也叫量子。空葫芦是使油葫芦变空的意思。空字当动词用，是使动用法。另如：瓶子里的水空干了；到地里空草去了；衣裳淌水哩，搭着院里空一下。这些空字都是动词，使动用法。

抠 kōu　把脸抠烂了　从墙缝里抠出来　抠紧

眍 kōu　眼睛眍进去了

扣 kòu　扣门　扣扣子　把菜扣住　扣着不放　扣钱　绾个扣子　螺丝拧了三扣

窟 kū　窟窿

哭 kū　哭天抹泪　哭穷　哭哭啼啼

注：天水方言里经常把一般的哭称叫喝。例如：你把娃惹叫喝了；他妈过世了，叫喝地伤心得很。

苦 kǔ　苦衷　苦苣酸菜　苦闷　苦了一辈子庄农　苦差

夸 kuā　夸嘴　爱夸得很

垮 kuǎ　忙垮了　地埂垮了　塌垮

胯 kuà　牲口把大胯裂了　两胯子疼

快 kuài　快当　快活　快手　快刀斩乱麻

宽 kuān　宽敞　宽舒　宽裕　宽展　宽绰　宽松　宽宏大量　宽窄

款 kuǎn　款待　款留

匡 kuāng　匡计　匡摸　匡算　匡一匡

诓 kuāng　诓骗　诓人哩

哐 kuāng　哐哐地响　哐啷一声

筐 kuāng　筐筐　筐子

框 kuàng　框框　框死了　框住了

眶 kuàng　眼眶眶

亏 kuī　亏心事　亏人哩　亏欠　生意亏了　亏待

捆 kǔn　捆扎　捆绑　捆紧　一捆柴　捆行李

拉 lā　拉扯　拉倒　拉鼾睡　拉连　拉买卖　拉架　拉平拉拉杂杂　拉账

　lǎ　拉忽（办事马虎）

邋 lā　邋遢

辣 là　辣乎乎　辣丝丝　辣酥酥

赖 lài　赖皮　赖账　赖人哩　志赖子

蓝 lán　蓝晶晶　蓝莹莹

拦 lán　拦挡　拦截　拦路　拦腰抱住

揽 lǎn　揽活　把车上的柴草用绳子揽住　揽生意　把责任揽在自己身上

懒 lǎn　懒汉　懒散　懒洋洋　懒干手（懒汉）

烂 làn　烂泥　烂摊子　烂账　破铜烂铁

狼 láng　狼吞虎咽　狼心狗肺

捞 lāo　捞油水

牢 láo　牢固　牢靠　麻绳牢　牢记

另如：嘴要牢一点，不要乱说。

唠 láo　唠叨　唠唠叨叨

醪 láo　醪糟

老 lǎo　老八辈子　老半天　老鼻子老脸　老成　老到　老实巴交　老家　老气　菜长老了　豆腐点老了

注：老家一词是晚辈称长辈经常用的，表尊敬。比如：你老家是念书人懂得多；你老家不要生娃娃的气。

捞 lǎo　扔下机儿捞扫帚　捞的镢头

注：捞本指抓取，但在天水方言里有时用捞字有加重语气，表事态严重的意思。

例如：一个捞的镢头，一个捞的铁锨。

　　捞了一根棍。

烙 lào　烙锅盔　烙干炕　烙铁　炕烙人得很

涝 lào　天涝了

络 lào　络子　绾个络子

注：络字天水方言读 luǒ。

垒 lěi　垒墙　垒猪圈

累 léi　累赘

　lěi　日积月累

塄 léng　埂塄

冷 lěng　冷冰冰　冷不防　冷货　冷虫　冷清清　冷森森冷丝丝　冷飕飕　冷言冷语　冷嘲热讽　冷了一肚子气

愣 lèng　愣住了　愣了半天　愣怔子　愣头愣脑

离 lí　离谱　离奇　离散　离弦走板　离皮离核　桌子腿离了

理 lǐ　理睬　不理不睬　理所当然　理直气壮

利 lì　利害　利落　利索　刀子利得很　利钱　赚利

力 lì　力巴（指外行）

连 lián　连锅端　连襟　连夜　一声连一声　连茬　连枷连忙　叫苦连天　连轴转　连皮三斤　连根拔　连我不认识了

恋 liàn　恋恋不舍　恋念　恋群　恋家

凉 liáng　凉快　凉丝丝　凉飕飕　心凉了　凉拌

　liàng　汤太热，凉一会儿。饭凉凉了。

晾 liàng　晾晒　干晾　场太湿了，轻轻一晾就能碾　地晾散了

亮 liàng　亮光光　亮晶晶　亮堂堂　亮铮铮　亮豁豁

量 liàng　量力而行　自不量力　扁担量绸子各划各尺寸胆量　饭量

撩 liāo　撩开　撩起　撩一点水

蹽 liāo　一口气蹽了二十里路

燎 liáo　燎泡

　liǎo　火烧火燎　把眉毛燎了　把干草燎着了　把炕燎热了

嫽 liáo　（美好）

例如：这娃嫽得很。

缭 liáo　眼花缭乱　缭几针　缭补

了 liǎo　了了　了然　了事　了手　了不得　了结　了

断　了账

注：了手是指事情办完了。在天水方言里还有干活利索的意思。

例如：王家娃割麦了手得很。

了了一词是明白、懂得的意思。在天水方言里却是了结或事情办完的意思。如：张王两家的事了了（了结）；今天人多要把山上的麦了了（割完）。

了然一词是明白清楚的意思，比如说一目了然。但在天水方言里还有另外的意思。如：小王今年没考上大学，但他心里还不了然，准备明年再考。这句话里的不了然即不甘心之意。

料 liào　我料你不敢　把你料了　叫人家料住了　料想

注：料指预料，但在天水方言里用料字时带有挑衅、欺侮的意思，不敢轻用。

撂 liào　撂倒　撂手不管了　撂了一大片

咧 liě　呲牙咧嘴

趔 liè　趔趄　走路腿一趔一趔的　身子一趔

躐 liè　躐石

翎 líng　鸡翎　翎膀　翎子

灵 líng　灵便　灵活　灵巧　灵性　灵通　灵气　灵验

凌 líng　冰凌　凌乱　凌晨

零 líng　零零散散　零敲碎打　零零星星　零用　零头

另 lìng　另家　另眼看待

溜 liū　溜走了　溜滑　溜边边　溜了一眼　溜倒了

另如：吃饭拣大碗，干活溜地边。

liù　一溜儿跑得不见影子了。

一溜柳树是谁栽的？

砌墙溜缝子。过河走着溜里了。

熘 liū　熘了两个饼子　醋熘白菜

蹓 liū　蹓走了　蹓跶（溜达）　蹓大街

遛 liù　遛大街　遛鸟　遛牲口　遛了一转

注：溜和蹓都有“偷偷走开”的意思，熘饼子的熘还可以写为溜，遛和蹓都有“慢慢走，散步”的意思。

绺 liǔ　一绺丝线　一绺头发　绺娃子（小偷）

注：绺指丝状物如头发、线等，一撮子叫一绺。在天水方言里绺字用法较活：一绺布　窄窄一绺绺地

笼 lóng　笼床　笼火　笼头　笼嘴　一笼火　鸟笼子

lǒng　笼统　笼罩　笼络

拢 lǒng　虚虚拢拢　拢共　用绳子拢住　拢住他的心

注：笼络人心是用手段拉拢人，含贬义。拢人心是不让离开、让靠近。两词义不同。天水人说“那两口子在一搭拢着哩”却有感情不牢固的意思。

搂 lōu　搂钱　搂柴火　搂筢

lǒu　搂抱　这棵树三个人搂不住

捋 lǚ　捋胡子　捋麻绳　麻绳捋手里　捋弦子（板胡）捋捋弦子

luō　抹拳捋胳臂（gébèi）

绿 lǜ　绿茸茸　绿莹莹

挛 luán　挛了（天水方言把瘫痪叫挛了）

掠 lüè　掠了几鞭杆　掠场　掠了两碗散饭

抡 lūn　抡大刀　抡圆了

摞 luò　摞砖头　摞麦摞　一摞碗　两摞书

麻 mā　麻乎乎　麻明子　天麻了　麻夜子下来了

má　麻利　麻烦　麻酥酥　麻搭　麻纸　麻木　椒麻人得很

抹 mā　抹桌子　抹帽子　抹布　抹不下脸　抹拳捋（luō）胳臂（gébèi）

mǒ　抹药　抹粉　抹脖子　把名字抹了　抹了一鼻子冷灰　泥抹着衣裳上了

mò　抹墙　抹平

马 mǎ　马虎　马驹子　马趴子　马勺

码 mǎ　码砖头　两码子事

另如：一垧苜蓿码了三十几个码码。

卖 mài　卖好　卖人情　卖嘴

迈 mài　迈了两步　往左迈一点

蛮 mán　蛮缠　蛮不讲理　蛮横　蛮劲

注：蛮在天水方言里还有卖力、厉害的意思。例如：踢毽子蛮得很；干活蛮得很。

谩 mán　谩上了　会谩人得很

mān　谩骂

埋 mán　埋怨

瞒 mán　瞒哄　瞒老汉着哩

鞔 mán

例如：牛皮能鞔鼓。

他爸过世了，鞔的白鞋。

满 mǎn　满不在乎　满打满算　满当当　满共　满满

注：满满有两层意思。一是指很满。二是指用一种木制雕漆的给小孩吃饭的碗舀了一满满饭。把小碗叫满满是一种吉祥语，意即经常碗里满满有饭吃。

漫 màn　水漫过桥了　泉水漫出来了　漫无边际　漫说是你，谁来也不行

慢 màn　慢腾腾　慢悠悠　慢待　慢说　慢坡

墁 màn　地用砖墁了　红毡墁地

毛 máo　毛烘烘　毛毛雨　毛茸茸　毛手毛脚　毛腰（猫腰）　腰毛毛子　毛毛躁躁　毛乎乎

另如：骡子发毛了　钱毛了　毛臊味　吓毛了

茅 máo　茅房　茅坑　茅草　茅草房

铆 mǎo　铆钉　铆住　胳臂错铆了

冒 mào　冒充　冒顶　冒领　冒火　冒尖　冒汗　冒失　冒冒失失　冒失鬼　冒水眼　冒烟　冒泡　冒弄哩

另如：我冒喊了一声；他冒唱了几句。

贸 mào　贸然

霉 méi　霉烂　霉气　人霉着哩

眉 méi　眉开眼笑　眉来眼去　眉目　没眉眼

注：眉眼指眉毛和眼，泛指容貌。但天水方言里说“事情还没眉眼着哩”是指事情还远没办成。

昧 mèi　昧良心

闷 mēn　闷气　闷热　闷声闷气　剩菜闷气了

mèn　闷棍　闷葫芦　生闷气

扪 mén　扪心自问

蒙 mēng　蒙蒙亮　蒙头转向　蒙骗　把人蒙住了

méng　把眼睛蒙住　蒙了一张纸

另如：把嘴蒙住（即把嘴闭上）。

虻 méng　虻噌

濛 méng

注：濛，微雨貌。《诗·豳风·东山》：“我来自东，零雨其濛。”微雨貌，就是下小雨的景象。天水方言不说“濛濛细雨”，说“毛毛雨、牛毛细雨”。还说“雨太少了，连地皮都没濛湿”，濛就有了“浸润”的意思。由此再引申就有了“把绳子濛湿”，“把嘴皮濛软”，“喝点水把嗓子濛一下”的说法。

眯 mī　眼眯住了　眯一会儿（小睡）　眼睛眯缝缝的

mí　土把眼睛眯住了

迷 mí　迷瞪　迷糊　迷迷糊糊　迷魂汤　迷路

弥 mí　弥补　弥严了　散饭把席弥过了

注：弥有填满的意思，比如弥补就是把不足的部分填足。天水方言里有“布太窄了，弥上一绺绺；绳子太短了，弥上半截”的说法。

箣 mí　席箣　箣条　竹箣子笼　席荐断了几箣

芈 mǐ　（羊叫的声音）

密 mì　密密层层　密密麻麻　密匝匝　密实

腼 miǎn　腼腆

面 miàn　肉煮面了　白脆面梨瓜　面洋芋

苗 miáo　苗条

渺 miǎo　渺无人烟　渺小

抿 mǐn　头发抿得光光的　抿着嘴笑　抿了一口酒　驴抿耳朵哩

泯 mǐn　一脚泯了

摸 mō　摸底　摸黑夜　摸黑路

磨 mó　磨难　磨牙　磨洋工　磨嘴皮　磨时间　磨死人了　磨蹭　磨磨蹭蹭

mò　磨子　磨豆腐　磨扇　磨盘　磨烦

模 mó　模糊　模棱两可

mú　模样　模子

耱 mò　耱地　买了一片耱

注：在天水方言里耱还有拖拉的意思。

例如：两个人把死猪耱出去了。

抬不动，几个人从山上耱下来了。

没抬起来，在地上糖着哩。

没 mò　没奈何　没皮没臊

莫 mò　莫大　莫名其妙

谋 móu　谋生　谋害　谋事　你谋着咋哩

木 mù　口里木着没味道　那人木着哩

拿 ná　拿架子　拿人哩　拿手　拿事　要大拿儿

纳 nà　纳鞋底　纳服　纳闷

褦 nài　褦襶

注：天水方言里褦襶是指没本事。

馕 nǎng （拼命地往嘴里塞食物）

例如：干活没事，光能馕得很。

馕了美美一肚子

攮 nǎng　攮了一刀子

齉 nàng　齉鼻子

恼 nǎo　恼憎了　恼怒　恼火

脑 nǎo　脑髓　脑壳　脑顶子

注：天水方言里的脑顶子是指倒着。比如普通话说倒立，天水方言说立脑顶子。再如：酒瓶脑顶子立不稳；你把笔脑顶子拿上了。

闹 nào　闹腾　闹新房　闹哄哄　闹仗　打闹　闹笑话　事情闹好了　车子闹好了

能 néng　能掐能算　能说会道　能能

注：天水方言里能能一词是指婴儿学站立。

腻 nì　油腻　腻人　腻膗膗　听腻了
蔫 niān　蔫脾气　蔫萝卜　花蔫了　人蔫懦得很
黏 nián

注：在天水方言里黏被读作 rán。在黏作为动词该读 zhān 的时候，有读 zhán 的，也有读 rán 的。

“黏核子桃、娃娃黏人、事情黏住走不离身”，以上读 rán。黏上、黏牢、黏住这些动词 rán、zhán 两音都读。

撵 niǎn　没撵上　撵跑了　把他撵出去
捻 niǎn　捻线　捻子(灯捻子　炮捻子)
碾 niǎn　碾场　碾盘　碾子　碾平了
念 niàn　念秘

注：天水人把老先人留给后人的有纪念意义的小件东西叫念秘。例如：我婆过世了，这个梳头匣是给我的念秘。

娘 niáng　娘家　娘舅　娘们

注：娘字在天水方言里还有一种特殊的读音，跟牙字的方言音接近，称呼母辈年龄偏大者。如老娘(牙)、大娘(牙)张娘(牙)。

另如：我娘娘(牙牙)

尿 niào　尿炕　尿脬　尿臊气
捏 niē　捏炉子　捏造　捏住　一捏捏

另如：茶叶贵得很，五毛钱我咋捏哩。

苶 nié　苶苶的(指没精神)

孽 niè　孽障　造孽

注：孽障在天水方言里指人没能力或日子不太好过。

例如：那人孽障得很。还可以说“日子过得孽障得很”。

镊 niè　镊子

拧 níng　拧绳　拧线　拧干　从肉上拧了两把　你拧过来他拧过去　拧拧子

nǐng　拧螺丝钉

宁 nǐng　宁可　宁肯　宁愿

牛 niú　牛劲　牛脾气　牛得很

扭 niǔ　扭搭　扭捏　扭扭捏捏　扭了两步　腰扭了　椅子腿扭断了　七扭八歪　把头扭过来　扭秧歌

纽 niǔ　纽扣　纽襻　纽门　纽子

拗 niù　拗不过

例如：后人拗不过他妈，只好答应了。

弄 nòng　弄些饭　胡弄哩　车子弄好了　弄假成真　弄虚作假　弄巧成拙

注：以上这些词里的弄也有人说闹。

努 nǔ　努劲　努嘴　努症

挪 nuó　挪动　挪腾　挪地方　挪窝窝　挪窠窠

懦 nuò　怯懦　懦弱

注：天水方言里还说“人懦得很、蔫懦、懦兮”。

喔 ō　喔唷（yō）　喔唷唷（ō yō yō）

例如：喔唷，没见过这么大的桃儿。

喔唷唷，你厉害得很！

沤 òu　沤麻　沤粪　水沤臭了

怄 òu　怄气　怄人得很

灺 pā　灺灺　荞面粑子灺得很　把人整灺了

趴 pā　趴着地上　趴着桌子上　趴得展展的　摔得展展趴下了

啪 pā　啪嚓　啪嗒　啪啦

爬 pá　向前爬　小娃会爬了　瓜蔓子爬上墙了

攀 pān　攀缠　攀女人　攀媳妇子　攀亲

盘 pán　盘缠　盘大刀　盘根究底　盘炕　盘费　盘绕　盘算　盘腿　盘帐　盘问

另如：打盘盘坐下　长虫（蛇）盘了几盘

拚 pàn　拚人哩（指无理闹事）

例如：老婆子着媳妇子拚倒了。

判 pàn　判官司

襻 pàn　纽襻　襻两针　襻牢　绾个绳襻襻

鋬 pàn　鋬笼

另如：壶鋬鋬断了，没法提了。

嗙 pǎng　嘴里胡嗙哩　胡吹乱嗙

泡 pāo　眼皮泡泡的　尿了一泡

脬 pāo　尿脬　杀猪吹尿脬

刨 páo　刨土　刨坑　刨根问底　刨了个窝窝

另如：从5000元里刨过饭钱店钱剩3000元了。

跑 páo　牲口跑糟哩　驴在地上跑了个坑坑

疱 pào　烧了个疱　起疱了

呸 pēi　（表唾气或斥责）

醅 pēi　酒醅子　甜醅

赔 péi　赔本　赔不是　赔礼　赔笑脸　赔罪

霈 pèi　霈雨（即雷雨）

喷 pēn　热气喷人哩　酒气喷人哩　喷嚏

怦 pēng　怦怦（形容心跳）

砰 pēng　门砰地一声关上了

澎 pēng　澎了一身水　（澎是溅的意思）

蓬 péng　一蓬子杜鹃花

碰 pèng　碰巧　碰上了　碰了一鼻子冷灰　鸡蛋碰石头　硬碰硬

纰 pī

例如：绳子没拧好，散纰子了。

劈 pī　劈里啪啦　劈头盖脸

披 pī　披头散发

皮 pí　皮了　皮张　皮实　那人皮得很

偏 piān　偏爱　偏差　偏护　偏巧　偏心　偏偏

缏 pián　缏纽门　缏鞋带

谝 piǎn　那人能谝得很　（谝：夸耀、显示）

骗 piàn　骗人　腿骗起来坐下了　一骗腿上自行车了

瞟 piǎo　瞟了一眼　眼里瞟着了

撇 piē　撇开　撇过　把浮头的油撇了　脱撇

　piě　撇砖头　撇嘴　两撇胡子　撇到脑后了

瞥 piē　瞥了一眼

拼 pīn　拼凑　拼死拼活

品 pǐn　品茶　品行　人品　品味道

聘 pìn　聘礼

凭 píng　凭空捏造　凭啥着

泼 pō　泼辣　泼凉水　泼皮　干活泼得很　撒泼

注：泼皮一词在天水方言里有褒贬两层意思，一指流氓无赖；二指能吃苦、耐摔打。

笸 pǒ　笸篮

扑 pū　扑腾　扑扇　扑通　扑闪　迎面扑着来了

例如：扑腾一声脚踩着坑坑的泥里头了。

铺 pū　铺盖　铺展　铺天盖地

噗 pū

例如：噗，一口气把灯吹灭了。

噗噜噜眼泪掉下来了。

谱 pǔ　谱头　把娃娃惯失谱了　大谱得多少钱

欺 qī　欺软怕硬　欺负　欺哄　欺行霸市

七 qī　七扭八歪　七老八十

嘁 qī　嘁哩喀喳　嘁嘁喳喳

缉 qī　缉鞋口子　裤缝子要缉

奇 qí　奇眉怪眼

乞 qǐ　乞求　乞巧

掐 qiā　掐菜　掐花　掐尖打杈　掐了一把　掐诀念咒　一把掐住

拤 qiá　一拤拤草　一拤柴禾　拤了一拤拤草

卡 qiǎ　卡脖子　卡子

另如：把娃娃的手卡住了。

　　砖头松动了，找个东西卡一下。

注：卡还有把人或财物留住的意思。天水方言中把该给别人的东西暗中留给自己叫卡。例如：头给你的时候人家已经卡过了；该给多少给多少，不准卡。这时的卡天水方言读 kǎ、qiǎ 两音。

牵 qiān　牵缠　牵扯　牵挂　牵累　牵连　牵强　牵掣

注：牵扯的意思是牵连，有联系。天水方言里有一种句式比较特别。例如：张家王家闹得凶得很，到头来牵扯没啥事。牵扯没啥事就是没啥牵扯。

鸽 qiān

例如：鸡把一畦畦菜鸽光了。

　　鸡把我的手鸽了一口。

谦 qiān　谦让　谦和

荨 qián　荨麻

掮 qián

注：掮的意思是用肩扛，是个方言词。天水方言读

为 qié。

例如：把口袋捎着胛骨（肩膀）上；胛骨上捎了两根椽。

钱 qián　钱饷

肷 qiǎn　肷窝

歉 qiàn　歉收

戗 qiāng　戗嘴　戗了几句　两个说戗了

呛 qiāng　呛了几口水　喝水呛了

　qiàng　油烟子呛人哩　炒辣椒呛人得很

炝 qiàng　炝浆水　用小蒜炝一下

跷 qiāo　高跷　把腿跷起来　跷蹊

注：跷的本义之一是把腿抬起来或举足。在天水方言里有向前跨步的意思。如：一点小沟沟就跷过去了。还有用脚步来丈量的意思。如：那块地宽 28 跷，长 60 跷（两步算一跷）。天水方言不说“跷二郎腿”，而说“腿交架搁”。跷蹊（qiāoqi）一词的本义是奇怪、可疑。天水方言里只有奇怪的意思。例如：妈妈给女儿做衣服，估计布料够，结果一量刚差一点点。妈妈就会疼爱地说：“看你跷蹊啵，就差一指头宽的一点。”天水方言还把踢毽子时一只脚落地，一只脚不落地连续地踢叫跷。

缲 qiāo

例如：缏带子针要缲上哩。

劁 qiāo　劁猪骟狗

悄 qiāo　悄悄地　悄悄话

樵 qiáo　樵树

鞒 qiáo　鞍鞒子

翘 qiáo　湿板翘了　打了翘头

雀 qiǎo

注：雀读 qiāo（雀子）、qiǎo（家雀儿）、què（麻雀）三个音。天水方言只读 qiǎo 一音。把麻雀叫麻雀（qiǎo）或雀（qiǎo），把小鸟叫雀雀（qiǎo qiao）子。

窍 qiào　窍门

撬 qiào　撬杠　撬石头　撬开了

切 qiē　切刀　切瓜切肉

趄 qiè　趄坡子　把娃趄着炕上　身子一趄

怯 qiè　怯场　怯生生　胆怯

擒 qín　一把擒住

噙 qín　口里噙着糖

勤 qín　勤快　勤事

注：天水方言里的勤事是指重视、关注。

例如：他爸爸，我说的话你要勤事一点，千万不能耽搁。

清 qīng　清凌凌　清香　清闲　清汤寡水　清早

轻 qīng　轻便　轻省　轻快　轻飘飘　轻巧　轻薄　轻浮轻微

鞧 qiū　后鞧

另如：骡子的腰鞧着哩。

曲 qiū　曲蜷　弯腰曲背　曲里拐弯　曲曲弯弯　把藤

条曲个圈圈　曲蟮（蛐蟮）

蛆 qū　苍蝇下蛆了

嚯 qū　哨子吹得嚯嚯地响哩　嚯嚯响（哨子）

焌 qū　火焌灭了

注：焌本指把燃烧物放入水中使其熄灭。天水方言里用法较活，把燃烧物用盆子之类的东西扣住使之熄灭也叫焌。再如人多房子小，氧气不足，就说“焌人得很”，或喊叫“把人焌死了”。

娶 qǔ　娶媳妇　娶亲　娶女人

蜷 quán　蜷曲　蜷了一疙瘩　把腿蜷起来

注：蜷曲，也说曲蜷。本指人或动物的肢体动作。在天水方言里用法较活。

例如：你一天不出门，曲蜷（蜷曲）着屋里做啥哩，防把你焌死了。

娃娃大了要出去闯练哩，你把娃娃曲蜷（蜷曲）着家里干啥？

禳 ráng　禳灾（禳解）

注：禳灾本指向鬼神祈祷消除灾害。天水方言里禳灾已成一句戏语。比如：“人家干正事，你在旁边胡禳灾啥哩？”这里的禳灾指捣乱或打扰。

瓤 ráng　信瓤瓤　瓜瓤瓤　葵花杆瓤瓤　弱瓤

另如：麦瓤瓤的，割不了几捡。

那人太瓤杆了。身体瓤得很。

注：瓤有不好、弱的意思。

嚷 rāng　嚷嚷闹闹

rǎng　嚷仗　嚷起来了

饶 ráo　饶头　饶了些　饶油不如空葫芦　饶命　饶了他吧

惹 rě　惹祸　惹人　惹是生非　惹眼　惹上了　惹哭了　那人惹不起

热 rè　热烘烘　热乎乎　热辣辣　热腾腾

荏 rěn　针扎的葫蔴卧牛的荏

纫 rèn　纫头

茸 róng　茸毛　毛茸茸

揉 róu　揉眼睛　揉面　揉碎了

蹂 róu

注：蹂的本义是用脚踏。例如：把地蹂瓷了。蹂有时专门形容小脚老太太走路。例如：蹂过来蹂过去，两只碎脚停不住。

肉 ròu　肉色　肉头　眼中钉肉中刺

注：肉头有两意，一指软弱，二指丰满而柔软。天水方言里指软弱无能，是骂人的话。

辱 rǔ　辱没　羞辱

挼 ruá　挼烂了　挼人　挼着受不住　搓挼

注：挼读 ruó、ruá 两音，天水方言只读 ruá 一音。

撒 sā　撒欢　撒泼　撒气　撒手　撒腿　撒野

注：撒泼在天水方言里有褒贬二意，褒指干活卖力，贬指蛮不讲理，耍赖皮。如说“日头跌窝，懒人撒泼”，则是褒义。

sǎ 撒籽摞摞子 撒一点白糖

洒 sǎ 洒水 粮食洒地上了 洒脱 洒包了

靸 sǎ 靸着鞋（把鞋后帮踩在脚后跟下） 把土用脚往一块儿靸一下

三 sān 三扑两砍 三头对六面 三天两头

散 sǎn 散漫 行李散开了 散架了

sàn 散伙 散场 散失 散心 戏散了 散摊子了

搡 sǎng 推推搡搡 一把搡倒了

再如：一边用手推，一边喊“搡！搡！”，叫牲口往后退。

嗓 sǎng 嗓子 尽嗓子喊

臊 sāo 尿臊气

sào 臊气 臊子面 臊脸得很

骚 sāo 骚货 骚得很 骚马骚驴 骚扰 骚搅 骚皮 骚摊子 骚着弄不成

搔 sāo 搔痒痒（天水方言读 záo）

煞 shā 煞绾 把绳子煞紧

沙 shā 沙瓤西瓜 沙梨 沙哑

shà 把米里的沙子沙出来 把粮食里的柴棍棍沙干净

注：沙指摇动，使东西里的杂物集中，以便清除。

筛 shāi　筛子　筛粮食　筛过来筛过去　抓住筛了几下，吓得筛糠哩。

山 shān

注：在天水方言里用山来比喻多。比如：一山洋芋；一山柴火。有时还当动词用，指把很多东西堆积在一起。比如：把麦草山一山；把黄豆杆山着一搭。

煽 shān　煽风点火　煽（扇、搧）耳光

芟 shān　芟麻　芟草

注：芟是割的意思，清水人把割大麻叫芟麻。

苫 shān

注：天水人把简易的棚子叫苫子，如牲口苫子；瓜地里搭了个苫苫。

shàn　苫布　苫摞子　把粮食苫住

膻 shān　膻气

闪 shǎn　闪避　闪躲　闪了腰　闪身　闪失　闪开

另如：我来迟了，娃娃硬闪不下。

人家都走了，把我闪下了。

注：这两句中的闪是丢下、甩下的意思。天水方言读 sān。

骟 shàn　骟骡子骟马　骟匠

钐 shàn　钐镰　钐刀　钐草

伤 shāng　伤风败俗　伤天害理　说话伤人　吃伤了

晌 shǎng　晌午

注：晌午本指中午，但天水一些地方把晚饭叫晌午饭，吃晚饭叫吃晌午。

绱 shàng　绱鞋

烧 shāo　烧料子　烧人

注：烧人有两意。例如：这杯水太烧人了，喝不下去（烧人：太烫）。有两个钱就烧人着坐不住了（因钱多忘乎所以）。

在天水方言里烧有发红的意思。

例如：杏儿烧红子了，桃儿刚烧哩。

天爷烧了。

另如：两个人烧了，打起来了（烧，发火了）。

麦烧黄子了（快要黄了）。

梢 shāo　树梢　头发梢梢

捎 shāo　捎信　捎脚　捎集（让赶集的人代买代卖）

shào　捎马子

睄 shào　眼里睄着了

潲 shào　天爷潲雨哩　给花潲点水　潲湿了

赊 shē　赊欠　赊账

折 shé　折本　折秤　折耗　桌子腿折了

摄 shè

注：摄有提起的意思。《论语·乡党》中有“摄齐升堂……”一句，是说升堂的时候要把衣服的下摆提起来。天水方言中指用手、胳臂（bei）把重物平举或抬起来。

例如：一大马勺水我一只手摄不起来。

　　这一担瓜我两个胳臂都没摄起来。

糁 shēn　荞糁子　玉米糁子　雪糁子

注：糁指谷类磨成的碎粒。天水方言读 zhén。

神 shén　神魂颠倒　神奇　神色

婶 shěn　婶娘　婶子

渗 shèn　渗水　水把墙渗塌了　渗坑

瘆 shèn　瘆人

例如：一个人走黑路瘆人得很（瘆：使人害怕）。

生 shēng　生拉硬扯　生分　生涩

省 shěng　省便　省得　省事　省心

湿 shī　湿淋淋　湿漉漉　湿润

失 shī　失口　失礼　失笑　失手

注：在天水人口里，失笑有两意，一是令人可笑的意思。如：看这个人失笑的，谁说你来啥！二是把人逗笑了。例如：老李唱戏一张口就跑腔了，把人都惹失笑了。

时 shí　时不时　时常　时节　时兴　时运

使 shǐ　使不得　使眼色　使活　使不动　使唤　使气　使绊子

嗜 shì　嗜好

螫 shì　蜂儿螫了

殖 shi　骨殖

事 shì　事前　事先

另如：你事啥去？

我事个啥。

注：这两句中的事字都是动词，意即做。啥字在天水方言里既可作疑问代词，也可作无定指代词。

势 shì　势必　势头　势力　势大

收 shōu　收场　收拾　收心　收敛

手 shǒu　手疾眼快　手忙脚乱　手到擒来　手之舞之

受 shòu　受看　受听　受用

梳 shū　梳妆打扮

熟 shú　熟汤气　熟识　熟能生巧

赎 shú　赎回来　赎罪

数 shǔ　数不着　数落　数说

刷 shuā　刷刷地响　刷洗　刷啦刷啦

shuà　脸变得刷白

耍 shuǎ　耍花枪　耍滑头　耍耍　耍无赖　耍笑　耍弄　耍钱　耍人　被人耍了　耍子

注：耍人是戏弄人，天水方言说“戏耍人哩”。如果单说“耍人”则是炫耀、出风头，这种人叫“耍家”。

闩 shuān　门闩　把门闩上

拴 shuān　拴牢　拴牲口　琐事把人拴住了

涮 shuàn　把碗涮一下　把瓶子涮干净　洗洗涮涮　涮锅子

爽 shuǎng　爽快　爽直　豪爽

顺 shùn　顺便　顺畅　顺带　顺当　顺耳　顺和　顺路　顺势　顺手　顺心　顺眼　顺嘴　顺水推舟

瞬 shùn　转瞬　一瞬间

注：瞬，《辞源》解作“眨眼”，《现代汉语词典》解为“眼珠儿一动；一眨眼”。但实际上运用时有看的意思，比如明人张居正的《游衡岳记》里就有“……悬崖巨壑，不敢旁瞬”的句子。不敢旁瞬就是不敢向旁边看。瞬在天水方言里也有看的意思，含贬义，指轻蔑地看或不怀好意地看。

例如：媳妇子把老阿家（公婆）瞬了一眼，头不回地走开了。并将 shùn 读为 shún。

撕 sī　撕烂了　撕开　撕了两把

另如：两个人互相撕住不放手。

嘶 sī　嘶哇哇地吼哩

呲 sī

注：呲呲是象声词，指炮弹、枪弹飞过的声音。在天水方言里指很小的笑声。如：你呲呲地笑啥哩！（含厌恶意）

松 sōng　松劲　松手　松紧带　松气　松软

sóng　坏（骂人的话）

锼 sōu　锼锯

注：天水方言说“某某能锼得很”。锼即钻营的意思，贬义。

嗖 sōu　狗嗖地一下蹿出来了。

嗾 sǒu　（指使狗的声音）

例如：嗾！狗嗾！

着人嗾上了（听了坏主意）

嗾你着哩，别上当。

酥 sū　酥脆　酥酥的　酥得很　人酥软得很

蹜 sù　蹜蹜

注：蹜蹜指快走。天水方言说“王家娃走路蹜蹜地快得很”，“蹜地一下跑过去了”。

谡 sù　风吹得谡谡的　树谡谡地往上长哩

嗉 sù　嗉子

簌 sù　眼泪簌簌地淌开了　冻得簌簌地抖哩

酸 suān　酸不溜丢　酸溜溜　酸软　酸甜

随 suí　随大溜（流）　随风倒　随和　随后　随手　随意随乡入乡

碎 suì　嘴碎　打碎了　琐碎　闲言碎语

注：碎在天水方言里有小的意思。如：大碎不一、碎娃娃、碎鬼（对小孩的昵称）。

遂 suì　遂心　遂意　遂愿　遂心病

损 sǔn

注：损除了减少、损害之意外，在一些方言里还有刻薄、恶毒之意，比如说“那人办事真损”。在天水方言里则有不吉利的意思。要说明的是在这一层意思上天

水人把 sǔn 全读成 shún。

例如：今天损着哩！一出门就跟人家骂仗哩！

那一天损得很，把一只羊丢了。

嗍 suō　嗍奶　嗍糖

褟 tā　汗褟儿　褟花边

溻 tā　溻汗了

趿 tā　趿拉

注：趿拉指把鞋后帮踩在脚下，就是靸着鞋。在天水方言里指走路不精神的样子。

例如：你看那走路的样子，趿拉趿拉的，就是懒干手。

塌 tā　塌实（踏实）　崖塌了　塌塌鼻子　塌架　塌不下心来

拓 tà　拓上影格写　拓实　拓瓷　拓下来

沓 tà　重三沓四　饭沓住了　沓三沓四

蹋 tà　蹋两脚　往瓷里蹋一蹋　蹋住脖子割瘿哩

抬 tái　抬杠　抬举

薹 tái　韭薹　蒜薹

摊 tān　摊场　摊煎饼　平摊了　摊我多少给多少

瘫 tān　瘫软　瘫痪

注：瘫本指瘫痪，是一种病。在天水方言里单用一个瘫字说懒惰。

例如：瘫着炕上不走地里（瘫指睡）。

你一天瘫着屋里做啥着哩（瘫指不出门）。

贪 tān　贪心　贪图　贪嘴　贪玩　贪得无厌

袒 tǎn　袒护

探 tàn　探口气　试探　头一探一探的　头探进去　探听　探虚实　探头探脑

注：探有试图发现（隐藏的事物和情况）之意。在天水方言里有时用法和猜字差不多，并将探读为 tán。例如：你探我昨天到哪里去了；我书包里装的啥你探不着；我说个迷你探。

嘡 tāng　嘡嘡（象声词，敲大锣或大鼓的声音）

溏 táng　屁溏屎　鸡溏屎　猪儿溏着哩

淌 tǎng　淌血　淌汗　水淌了一地　桶子淌哩

掏 tāo　掏耳朵　掏窟窿　掏雀（qiǎo）　掏钱

逃 táo　逃避　逃脱　逃难　逃跑了

淘 táo　淘神　淘气

讨 tǎo　讨好　讨教　讨饶　讨人嫌

套 tào　套车　套牲口　套环　套住了　套衣服　套他的话哩　那人套套多得很

鼟 tēng　鼟鼟（象声词，打鼓声）

另如：这娃跳得鼟鼟地，把炕跳塌了。

腾 téng　腾地方　腾板凳　腾个空空　腾空而起　翻腾　倒腾　挪腾　热腾腾　腾云驾雾　我两步腾着前头了　美美腾了两步

踢 tī　踢蹬　踢腾

例如：把先人的基业踢腾光了。

剔 tī　挑剔　剔骨肉　把骨头剔干净

提 tí　油提提　酒提提　提早　提神　提醒　提心吊胆

添 tiān　添箱　添补　添油加醋

甜 tián　甜丝丝　甜言蜜语

注：甜字在天水方言里还有特殊用法。例如：烩菜里盐甜了（盐淡了）；凉粉里醋甜了（醋淡了）；浆水甜甜的（不酸）。

舔 tiǎn　猫舔爪子

挑 tiāo　挑肥拣瘦　挑三拣四　挑剔　挑毛病　挑挑拣拣　挑嘴

tiǎo　挑火棍　挑火杈杈　挑拨是非　挑花儿　挑逗　挑唆

调 tiáo　调搭　调教　调养　调皮　调停　调羹

注：天水方言里的调搭是指计划安排。

粜 tiào　粜粮食　出粜

帖 tiē　服服帖帖　妥帖

贴 tiē　贴补　贴身　贴心　贴着墙走　贴己　贴挂

停 tíng　分停　停停的　停停匀匀　停留　停妥

嗵 tōng　心嗵嗵地跳

捅 tǒng　捅刀子

痛 tòng　痛快　痛痛快快

偷 tōu　偷懒　偷鸡摸狗　偷嘴　偷偷摸摸

头 tóu　头一趟　头两天　头鸡叫走了十里路　头叫去时人家走了　十头八块

投 tóu　投缘　投机取巧　钥匙投不上　账投不上

透 tòu　透风　透底　雨下透了　坏透了　透气

图 tú　图啥哩　图谋

突 tū　突突

注：突突是象声词。天水人说“心跳得突突的”。

溥 tuán　水溥溥

注：溥是形容水多。天水人说“早上去割草，地里是水溥溥”。

团 tuán　团不着一搭　团弄　团团转

推 tuī　推推搡搡　推磨　推日子

蜕 tuì　蛇蜕皮　鸟蜕毛　蝉蜕

煺 tuì　猪杀了腿上的毛没煺净　汤鸡煺毛

褪 tuì　褪色　核桃褪皮

tùn　褪着手　袖筒里褪着几个核桃

脱 tuō　脱皮　脱毛　脱色　脱手　头发脱光了　背篼脱底了　鞋穿脱系了

拖 tuō　拖拉　拖累　拖泥带水　拖欠　拖沓　手拖手

托 tuō　托付　托梦　托人　托故　托福

饦 tuō　一饦干炕　白面饦饦　饦饦馍

坨 tuó　一坨凉粉　两坨豆腐　面坨住了　坨实了　草长着坨住了　把粮食扫着一坨

注：坨本指煮熟的面食粘在一起或坨子。天水方言里用法较活。例如：一场的水，没一坨放干草的地方。

砣 tuó　秤砣　拨砣（捻麻线用的）

挖 wā　挖补　挖苦　把《三国演义》挖熟了　挖抓

注：挖抓一词在天水方言里用得很广，意思也随着挖抓的对象稍有变化。

例如：他爱挖抓自行车、缝纫机。

我爱挖抓药书，也记了些药方子。

这娃娃在抽屉里胡挖抓啥哩？

这几天没干的正事，胡挖抓哩。

洼 wā

注：洼的本义是凹陷。但在天水方言里指山坡。如：高山陡洼；羊在洼洼上吃草着哩。还有杨家洼、马家洼、雀儿洼（地名），地名也可写成凹或窊。

瓦 wǎ　瓦匠　红砖青瓦　瓦沟子脸

wà　瓦房　瓦瓦　瓦刀　脸瓦下了　脚瓦瓦子着哩

歪 wāi　歪打正着　歪歪扭扭　歪斜　墙砌歪了

剜 wān　剜苜蓿芽　剜核桃　剜野菜

弯 wān　弯腰　弯远　石头大了弯着走

刓 wán　刓章子（即刻图章）

挽 wǎn　挽留　挽救　挽起袖子

绾 wǎn　绾疙瘩　绾襻襻　头发绾起来　绾个扣儿　绾络子　煞绾了

蔓 wàn　瓜蔓子

枉 wǎng　枉费心机　枉然

网 wǎng　网子　网住了

偎 wēi　偎着他妈的怀里

煨 wēi　客人来了把茶煨上

微 wēi　微微之分　微微一笑　细微

诿 wěi　互相推诿

闻 wén　闻味道　闻不着

窝 wō　窝火　窝囊　窝着心里　窝憋

另如：把铁丝窝个圈圈。

把你的腿窝折（shé）了。

窝了个树股子。

把人窝了。

踒 wō　脚踒了　胳膊踒了

卧 wò　卧牛

注：使用杠杆撬起来，清水人叫使卧牛。

乌 wū　乌涂（乌秃）　乌木　乌合之众　乌黑　乌七八糟（污七八糟）

另如：乌涂子水喝了肚子疼。

忤 wǔ　忤逆不孝

捂 wǔ　捂盖　捂住子　捂死了　捂着嘴笑　甜醅捂不严就酸了

舞 wǔ　舞弄

例如：我不会捏茶炉子，学着舞弄哩。

自行车你不会舞弄，叫小王。

兀 wù　兀搭　兀阿搭　兀我不知道　兀莫大

注：兀字本没有指示的意思。据一位山西的文字学家研究，兀字的指示义是从元杂剧中来的，可能也是个方言词。

譆 xī （呼痛的声音）

例如：手夹破了，疼得譆譆地叫唤哩。

嘻 xī　嘻皮笑脸　嘻嘻哈哈　嘻嘻笑

希 xī　希罕（稀罕）　希少（稀少）

恓 xī　恓惶

例如：老汉晚年的日子恓惶得很。

稀 xī　稀罕　稀溜溜　稀稀拉拉　稀客　稀奇　稀里哗啦　稀里糊涂　稀汤汤

皙 xī　白皙

席 xí　席荐　席箖

洗 xǐ　洗刷　洗皂缭补

戏 xì　戏弄　戏要

瞎 xiā　瞎扯　瞎话　瞎核桃　黑灯瞎火　瞎账

注：瞎，天水方言读为 há。

辖 xiá　辖住了，不会离。

掀 xiān　风把麦摞的盖头掀着扔了。

锨 xiān　铁锨　木锨　锨板骨

鲜 xiān　味道鲜

注：天水方言说味道鲜时将鲜读为 jiàn 或 diàn。例如：用小蒜炝浆水鲜（jiàn、diàn）得很。

闲 xián　闲扯　闲逛　闲散　闲心　闲事　闲工夫

注：天水方言里把不重要的事说“闲的（dái）”，多用来回答别人的话。例如：我没防住把你的衣裳弄黦（yuè）了（有道歉之意）！回答：“闲的（dái）”（即没关系）。

挦 xián　挦鸡毛　苜蓿能挦上了　挦了两把（打）

嫌 xián　嫌疑　惹人嫌　嫌人得很　嫌弃　嫌贫爱富

险 xiǎn　险乎　险乎乎　险些

现 xiàn　丢人现眼

馅 xiàn　馅饼

镶 xiāng　镶镢头把　镶镜框子

降 xiáng　降伏　一物降一物　降住了

另如：这辣椒太辣人了，我降不住了。

想 xiǎng　想望　想必　想方设法

消 xiāo　消费　消磨　消气　消停　肿消了　消闲

销 xiāo　铁销了　开销　花销　销子　销声匿迹

晓 xiǎo　晓得

笑 xiào　笑话人哩　让人笑话　笑眉嘻嘻的

楔 xiē　楔子　加楔

揳 xiē　揳楔子

另如：这娃娃不听话，我给揳了几下。（这里的揳是打

的意思）

些 xiē　些微　些许　些个　好些　吃些　前些日子

歇 xiē　歇顶　歇乏　歇脚　歇气　歇缓　歇一歇

邪 xié　邪财　邪门歪道　邪念　邪气

泄 xiè　泄劲　泄气　泄愤

薤 xiè　葱韭薤蒜（天水方言读 hāi，薤即小蒜）

卸 xiè　卸车　卸货　卸牲口　卸磨杀驴

解 xiè　解不开其中的道理

懈 xiè　懈气

邂 xiè　邂逅

心 xīn　心肠　心服口服　心甘情愿　心灰意冷　心急火燎　心惊肉跳　心满意足　心劲大　心平气和　心疼

注：天水方言里的心疼有几层意思。如：奶奶最心疼小孙女（疼爱）；你要一点他的麦草都心疼着不给（吝啬）；这娃长得心疼的（漂亮、俊俏）。

囟 xìn　囟门口

兴 xīng　兴许　兴师动众　兴风作浪

形 xíng　形影不离　形骸

饧 xíng　让面剂子饧一饧再擀饭。

擤 xǐng　擤鼻涕

幸 xìng　幸好　幸亏　幸运

凶 xiōng　凶狠　凶猛　凶神恶煞　凶险　凶悍

熊 xióng　熊了一顿（熊：斥责）

羞 xiū　羞答答　羞人　羞不死　羞辱　羞口　羞羞　羞耻

虚 xū　虚飘飘　虚虚套套　虚虚拢拢　虚名　虚弱　身子虚得很

续 xù

例如：绳子太短，续上半截。

　　　壶里水太少，赶快续上。

　　　打麻捻线是续工活。

　　　线断了，赶快续上。

　　　火要着过了，快续些柴。

旋 xuán　打旋旋　盘旋　双旋　漩涡

另如：老鹰在空中旋了几旋。

　　　好些人在门口上旋着哩。

　　　麦摞要一旋一旋旋紧。

　xuàn　旋风　把苹果皮旋了　旋黄旋割　旋走旋看

玄 xuán　玄乎（玄虚不可捉摸）

例如：那人说话玄得很。

悬 xuán　悬崖　真悬　悬匾　悬人

炫 xuàn　爱炫得很（炫，夸耀）　炫耀

眩 xuàn　眩晕

穴 xué　瓜穴开了　崖上穴了一道缝子

踅 xué　踅摸

注：踅指来回走；踅摸指寻找。在天水方言里用法

较活。

例如：你给娃踅摸个媳妇。

　　不要偷梨了，王老汉天天踅着哩。

　　我踅着了一片苜蓿嫩得很。

熏 xūn　油烟把墙熏黑了。

　xùn　煤烟把人熏死了。

醺 xūn　醉醺醺

巡 xún　巡夜　巡查

另如：老汉巡的日子多了，硬把小偷巡住了。

寻 xún　寻常　寻根究底　寻摸　寻思

注：寻思一词的寻，口语中多读 xín（普通话这样读）。天水方言将寻一律读 xín。

蕈 xùn　蕈儿（天水人把蘑菇叫蕈儿）

噀 xùn　给花儿噀两口水

桠 yā　桠杈

注：桠杈本指树枝分出的地方，在天水方言里用来形容说话口气大。

例如：张家二爷说话桠杈大口的，没人相信。

娅 yà

注：娅的本义之一是连襟，姐妹丈夫的互称。《尔雅·释亲》："两婿相谓为娅。"而天水人把母亲的姐妹称呼娅娅。

殷 yān　殷红　殷红柳

腌 yān　腌肉　腌菜

严 yán　严实　严冬　严寒　严丝合缝

注：严字在严密、紧密这层意思时，天水方言读为 nián。如严严实实、把门关严、窟窿填严了。

言 yán　言传一声　没人言传

黡 yǎn　黡子

魇 yǎn　魇住了

眼 yǎn　眼巴巴　眼馋　眼花缭乱　眼疾手快　眼睁睁

酽 yàn　茶太酽　谋得太酽了

厌 yàn　厌烦　厌恶

咽 yàn　咽唾沫　咽气　狼吞虎咽

yān　咽喉　咽咽

央 yāng　央求　央及

例如：马二人大得很，央及不动（即请不动）。

秧 yāng

例如：秧了两畦畦辣椒苗。

瓜秧秧一尺多长了。

树秧子长得好。

你才是个娃娃秧秧，学好些。

谷苗太稠了，秧上了。

扬 yáng　扬场　扬花　扬名

仰 yǎng　仰八子　仰住了

例如：一跤绊了个仰八子。

仰八子睡觉。

注：仰住了是指人或畜牲正面躺下拾不起来。

漾 yàng　漾奶

注：漾有液体太满往外流的意思。在天水方言里不止指液体外流。如：饭漾着桌子上了；粮食漾了一路。

妖 yāo　妖里妖气　妖精　妖艳　妖魔鬼怪

吆 yāo　吆牲口　吆喝来了一帮子人

杳 yǎo　杳无音信

舀 yǎo　舀了一马勺水　舀一碗饭

鞦 yào　袜子鞦鞦

鹞 yào　鹞子

注：鹞子是雀鹰的通称。天水方言说人精干，有朝气就说"这少年鹰鹞得很"。

噎 yē　噎住了　噎食病

业 yè　业障

注：业障（孽障）是旧时长辈骂不肖子孙的话。在天水方言里多用来说人没能力或境遇不好。如：那人业障得很；日子过得业障。

曳 yè　曳车　曳了一帮子娃娃跑了　瓜曳蔓了

注：拽简化为曳。《辞海》在解释"拽白"一词时引用了《宋史·河渠志——黄河（上）》的话："水猛骤移，其将澄处，望之明白，谓之拽白，亦谓之明滩。"这"水猛骤移"正是天水方言里拽字的意思。

例如：夜晚下大雨泉拽了（水泉被冲垮了）。

河岸把一大片拽下去了。

下了几天雨，王家山拽了。

一 yī　一丁丁　一点点　一模一样　一物降一物　一差二错　一溜烟　一时半会儿　一弓搭两弦

遗 yí　遗忘　遗尿尿　遗留　遗失　祖遗　遗屎

另如：铺粪遗籽　遗鞋掉缠

注：祖遗是指祖上（先人）留下来的东西。

倚 yǐ　倚靠　倚赖　倚仗

尾 yǐ　马尾巴　三尾儿

wěi　尾巴

绎 yì　一疙瘩线绎光了　肠子绎出来了

溢 yì　豆浆溢出来了

注：溢指充满而流出来。在天水方言里要说成溢出来。天水方言里的溢只是锅里汤开了，比如"饭溢了"，并没有流出来的意思。

喑 yīn　喑哑

注：喑哑指嗓子哑，不能出声。天水方言里说喑哑是指鸟雀、牲畜之类。如：鸟儿是个喑哑（不会说话），不要害命了。

洇 yīn　这纸不好，一写就洇。

殷 yīn　殷勤　殷实

注：殷勤是热情而周到的意思。在天水方言里是勤

劳、勤快的意思。如说“王老汉殷勤得很”，是褒义。说“献殷勤”则是贬义，指逢迎讨好。

引 yǐn　引火　引火柴　引逗　引荐　引路　引子　引诱

另如：把娃引好，多操些心。（引，照看）

瘾 yǐn　茶瘾　烟瘾　上瘾

缰 yǐn

例如：缝被子要多缰几行。

饮 yìn　饮牲口　羊饮了吗

蝇 yíng　蝇甩子

瘿 yǐng　瘿瓜瓜

应 yìng　应承　应酬　应付　应声

硬 yìng　硬邦邦　硬汉子　硬朗　硬实　硬气　硬是　硬棒　硬撅撅

壅 yōng　壅土　水道壅住了　水穿眼壅住了

拥 yōng　拥拥挤挤　人拥着一搭了

悠 yōu　悠荡　悠闲　站着秋千上来回悠

另如：把绳子悠悠地放下来。

呦 yōu　（叹词，表示惊异）

例如：呦！你还到卬屋里来了。

由 yóu　因由　由性子　由不得　由来

蚰 yóu　蚰蜒

圝 yóu　圝子　老圝子

卣 yǒu　酒卣子

淤 yū　淤泥

榆 yú　榆木疙瘩（榆，天水方言里读 rú）

熨 yù　熨帖

yùn　熨斗

注：熨帖有几个意思。但在天水方言里只是“事情完全办妥、办完结”的意思。

冤 yuān　冤枉　冤孽　冤大头　冤家路窄　跑冤枉路　掏冤枉钱

辕 yuán　驾辕拉套

圆 yuán　圆场　圆成　圆房　圆滑　圆润　圆满

缘 yuán　缘故　缘分　缘由　姻缘

援 yuán　援手

怨 yuàn　怨恨　怨气　抱怨　怨不得

约 yuē　约莫

例如：外出一趟大约莫得三天。

黦 yuè

注：黦有二意，一指黄黑色，二指污迹。天水方言里黦指脏，由污迹意引申而来。

晕 yūn　晕头转向

yùn　晕车

煴 yūn

注：煴本指微火，无焰的火。在天水方言里引申为

用微火炒。比如：煴熟面（炒面） 煴油面子（油茶）

匀 yún 匀称 匀溜 匀实 匀停

另如：分得不匀 分得匀匀的 把颜色涂匀 把多余的匀出来 苗太稠，得匀一匀

咂 zā 咂奶 咂了一口酒

另如：急得人干咂嘴哩。

扎 zā 口袋绳扎紧 扎捆 扎了一条皮带

砸 zá 石头砸下来了 脚砸了 事情砸了 砸了一顿 砸锅卖铁

杂 zá 杂七杂八 杂和菜 杂碎 杂凑儿

咋 zǎ 咋样 咋干哩 你咋没去

栽 zāi 栽赃 栽子

载 zǎi 一年半载 三头五载

在 zài 在行 在乎 在世 在意 在心

簪 zān 簪子

趱 zǎn

注：趱本指快走。天水方言说“这少年走路趱得很”，趱，指走路时得意、自豪的样子。

噆 zǎn 叫蚊子噆了 这个鸟儿噆人哩 虻噆（méng zǎn）

錾 zàn 錾子 錾刀 錾磨子 錾了一顿（打了一顿）

注：錾，天水方言读为 cān。歇后语：狗咬石匠——寻着挨錾哩！

溅 zàn　溅了一身水

注：溅本指液体受冲击向四面射出，但在天水方言里不止指液体溅出。比如：这少年踢得瓦子乱溅哩；防火星字溅着衣裳上了。

糟 zāo　糟践　糟糠　糟踏（糟蹋）　糟糕

另如：柳木板要在圈坑里糟哩。

遭 zāo　遭遇　遭殃　遭难　遭罪

灶 zào　灶火　灶头

躁 zào　脾气躁　急躁　把人惹躁了

齰 zé　狗齰人哩（天水方言里读 zǎi）

择 zé　择吉

zhái　择不开　一点功夫择不出来　择菜（天水方言里读 céi）

贼 zéi　贼眉鼠眼　贼走了关门

憎 zēng　憎根　憎恶

甑 zèng　甑板

缯 zèng　把口袋绳缯牢　头绳没缯好

综 zèng

例如：织布机上的综是用头发捻的。

渣 zhā　馍渣渣　油渣　豆腐渣

扎 zhā　扎花　扎根　扎实　扎手　扎眼　扎针　针扎没缝　一头扎进水里

另如：这人说话扎人得很。

zhá　扎挣（扎挣，天水方言也说挣扎）

奓 zhā　头发奓着哩（奓也可写作挓）

闸 zhá　河闸住了　闸坝

注：闸指水闸或把水截住。在天水方言里已不限于指水。比如：把路闸了（闸指截断或堵住，不让走）。

铡 zhá　铡有两意：一指铡刀；二指铡草。在天水方言里用刀乱切也说铡。比如：铡菜碟（下酒菜）；铡辣椒。用斧子劈柴还说铡柴。

炸 zhá　炸油饼

zhà　炸雷　气炸了

拃 zhǎ　（张开大拇指和中指来量长度）

例如：拃一拃有多宽　两拃一尺

诈 zhà　诈骗　诈唬

另如：我两句话给诈住了，贼娃子说真话了。

榨 zhà　榨油　把老汉的钱榨干了

摘 zhāi

注：摘本有 zhāi、zhé 二音（见《词源》），《现代汉语词典》只 zhāi 一音。天水方言只读 zhé 一音。

例如：摘桃儿　摘核桃

侧 zhāi　侧棱子睡觉（天水方言读 zén 棱子）

搌 zhài　搌花边

沾 zhān　沾边　沾光　沾亲带故　沾手　沾染　脚不沾地

搌 zhǎn　搌布　把桌子上的水搌一搌

崭 zhǎn　崭新

湛 zhàn　泉水清湛湛的

绽 zhàn　（缝补）

例如：衣服袖子破了，我给你绽两针。

蘸 zhàn　蘸火　蘸糖吃　蘸墨水　干筷子蘸盐

战 zhàn　寒战　打战　战抖　战战兢兢　胆战心惊

绽 zhàn　麻绳绽纰子了　花苞绽开了　线疙瘩绽了

注：绽在天水方言里读 cān，用法很活很广。凡是捆扎、包裹的东西松开、散开，大都可以说绽。如：包袱绽了；绽开看一下纸里包的啥；米颗颗腊着绽头了；麦捡捡的腰绽开了。

张 zhāng　张挂　张口结舌　张望　张哩慌哩

涨 zhàng　头昏脑涨　泡涨了

胀 zhàng　肚子胀　羊胀死了

仗 zhàng　仗势欺人　狗仗人势　骂仗

招 zhāo　招呼　招架　招揽　招惹　招引　招亲

着 zhāo　着数

zháo　着凉　上不着天下不着地　睡着了　着火了

zhuó　着落　你着人来　着手　着想

注：天水方言全读为 zhé。

找 zhǎo　找补　找平　找齐　找零钱　找麻烦

再如：拦马墙太低了，再往上找一尺。

肇 zhào　肇祸

注：肇祸是闯祸的意思，招祸是引来灾祸，两意稍有差别。天水方言多用肇祸。

例如：你娃娃不听大人的话，迟早要肇祸哩！

罩 zhào　罩衫　罩子　鸡罩

另如：四山罩严了。

这几个娃娃罩着眼前头，我连针都穿不上。

兆 zhào　兆头

笊 zhào　笊儿

照 zhào　照壁　照看　照料　照面　照样　照应　照猫画虎　照瓢画葫芦

注：照在天水方言里有看的意思，一般指远望。

例如：我照着对面山上有人哩！

站着梁上能照着葫芦河。

但在秦安话（天水次方言）里照有时就是看。

例如：我把你的眼镜照一下。

真石头假石头一眼就能照出来。

遮 zhē　遮风挡雨　遮挡　遮盖　遮拦　遮掩　遮羞

折 zhē　折腾　水太热，两个碗折一下　折倒上些

zhé　折半　折兑　折受　折寿　折叠　折扣　折磨　折账　折纸　折算　刚走两步折回来了

蜇 zhé　切洋葱蜇眼睛哩　蝎子蜇人哩

褶 zhě　裤子上打褶褶了

这 zhè　这搭　这么些

注：这，又音 zhèi，张家川人这么读。

砧 zhēn　砧子　砧板

针 zhēn　针头线脑　针鼻个　顶针　针扎没缝　针尖对麦芒

争 zhēng　争嘴　争执　争竞　争气　争吵　争持　争风吃醋　争多少补多少　争着干活

挣 zhēng　挣扎　他挣着从炕上坐起来

zhèng　挣钱　驴把缰绳挣开了　挣命

正 zhèng　正经　正儿八经　正当中　明媒正娶

吱 zhī　咯吱咯吱

支 zhī　支撑　支使　支桌子　支两块砖头　支架　疼着支不住　支应　支支吾吾

另如：那娃娃懒得很，谁也支不动。

指 zhǐ　指教　指鸡骂狗　指靠　指望　指头　指使

另如：这么多的活，指一个人不行。

志 zhì　拿称来志一下　用碗志一下

注：志的本义之一是指称重量；量长短、多少。在天水方言里用法宽得多。比如：志人心　志赖子

中 zhōng　中看　中听　中用

zhòng　中风　中暑　中意

终 zhōng　终归　终久　终头了了

粥 zhōu　粥粥（唤鸡的声音。天水人把鸡也叫粥粥）

周 zhōu　周到　周身　周折　周正

搊 zhōu　搊住　把檩子搊着立起来

肘 zhǒu　胳肘子　猪肘子

纣 zhòu　纣棍（天水方言把纣棍叫臭棍）

咒 zhòu　掐诀念咒　咒骂

㤘 zhòu

注：㤘的本意是固执、刚愎。天水方言说“某某㤘人得很”，含贬义。

皱 zhòu　皱巴巴　衣服皱了　皱纹

髽 zhuā　髽髻（抓髻）

注：髽髻在普通话里指梳在头顶两旁的髻。

跩 zhuǎi

注：跩是指走路摇晃，天水方言说 zài。

例如：肥得走上跩哩　走路一跩一跩的　跩过来跩过去　跩得欢的很（跩即扭）

转 zhuǎn　转手　转弯抹角　转身走了　转脸不见了

zhuàn　转筋　转亲亲　转来转去　转圈圈

赚 zhuàn　赚钱　赚利　有赚头

装 zhuāng　装扮　装模作样　装疯卖傻　装糊涂　装神弄鬼

注：在戏曲中扮演人物，天水方言说装。如：今个的戏欢得很，温警学装的蔺相如，米新洪装的廉颇。

奘 zhuǎng

注：奘指粗而大。比如：树长奘了　抱奘腿　他爸腰奘得很

捉 zhuō　捉弄　捉摸　捉襟见肘

拙 zhuō　手拙　笨拙　新媳妇手拙得很

浞 zhuó　着雨浞了

酌 zhuó　酌量　斟酌　酌情

姿 zī　姿色　姿势

龇 zī　龇牙咧嘴　嘴龇下难看得很

吱 zī　吱声　老鼠吱吱地叫哩

例如：我叫了半天没人吱声。

姊 zǐ　姊妹伍

渍 zì　渍了一层油腻　渍了一层泥

鬃 zōng　猪鬃　鬃刷子

踪 zōng　踪迹　踪影

纵 zòng　纵步　纵然　纵身

鲰 zōu　锅鲰（又叫面鱼、凉粉鱼鱼、滴核儿）

走 zǒu　走风　走扇　走眼　走嘴

躜 zuān

例如：小王从人空空里躜前去了（天水方言读 cuān）。

纂 zuǎn　纂纂　给和尚头上绾纂纂哩。

攥 zuàn　攥紧拳头　一把攥住　手里攥着刀子

晬 zuì　过晬　娃娃三晬了

注：晬本指婴儿周岁。在天水方言里一晬即一岁，

过晬即过生日。

嘬 zuō

注：嘬指小儿吸吮奶水。在天水方言里把吸吮奶水的口形叫嘬。如说“嘴嘬紧、嘴嘬住”。

撙 zǔn　钱是一个一个撙出来的。（撙，节省。天水方言读为 cùn）

作 zuò　作对　作践　作恶　作乐　作难　作孽　作整　作辱　作揖

坐 zuò　坐一壶水　把锅坐上　墙往后坐了

游情雅趣

匆匆看西湖

“西湖天下景。”

要去看西湖了，我激动不已。

我和老伴在东坡路庆春路口下车，向西走一百多米就到了湖滨公园，这里是看西湖的好去处。我第一眼看到西湖的粼粼波光时，竟然像小孩一样惊叫了一声！

西湖北、西、南三面环山，只有东边敞开着，紧紧和杭州城连在一起，就像镶嵌在杭州城边的一颗璀璨的明珠。西湖的山如卧如睡，连绵逶迤，翠横千嶂，绿染万峰。近山的绿如堆如积，浓得化不开；远山的绿朦朦胧胧，如作山水画蘸了淡墨轻轻抹上去的。树下藏山，山中藏寺者有之；楼阁峥嵘，挺出翠微者有之；塔立云外，钟响天汉者有之；泉泻峰峦，溪色澄然者有之。如果把西湖比作一朵盛开的荷花，那三面青山便是当之无愧的硕大绿叶了。

山色如画，湖光更加迷人。宽阔际山的湖面，明净如蓝的湖水；浓浓的桂香熏洗着玉肌冰骨的西子，淡淡的白云拂拭着失落人间的月宫宝镜；游船在水与天的缝隙里慢慢滑过无瑕的水面，飞鸟停在树上静静地欣赏着水中的云影青山。看着眼前的这一切，我不知不觉地融进了画图中，心像九寨水那么清亮，情同儿时那么真纯，由于荡涤了世俗的污浊，胸怀也就变得宽广而坦然了。

忽然起风了。风小时湖面只是轻轻地颤动，波平无纹。后来风大了点，就像无形的手把湖水揪起一个个小水峰，然后放下，然后再揪起再放下，绽开一朵朵洁净透明的小浪花。这时湖面变得热闹起来了，像好多好多的小朋友在欢快地跳舞。你听！岸边啪啪的响声不就是她们有节奏的舞步声吗？

一会儿风息了，湖面又慢慢地平静如初，好像什么事没发生过一样。

阳光下的湖色也十分诱人。近处是绿的，就像能流动的翡翠，稍远点就是白一抹绿一抹的。最远的湖面则是一片闪光银白，上面浮着刚蒸腾起来的薄薄的水雾。这水雾大概就是苏东坡《赤壁赋》中所说的“白露横江”的“白露”吧！

远望白堤，烟柳画桥，风帘翠幕，如诗如画；湖中小岛更是隐隐约约、神神秘秘、飘渺如仙境。“凭谁妙笔，横扫素缣三百尺。天下应无，此是钱塘湖上图。”我情不自禁地大声背诵起了苏东坡的词句。

大概是站久了，老伴轻轻地拉了我一下，我俩便坐在湖边的木椅上。说话间两只野鸭从荷丛中一前一后地飞出，掠水而过，等我拿出相机时早已无影无踪了。没留下这瞬间的精彩十分遗憾。

湖滨公园是给西湖镶上去的一道花边。高大的香樟，浑身斑驳的梧桐，袅娜的垂柳，如芭蕾舞女般脚尖站地亭亭玉立的棕树，花繁叶茂香气浓郁的桂花，还有许多叫不上名的南国珍木，高低错落，多而不密，处处豁亮。花虽不多，但每一株都生当其地，每一朵都开当其时。一个花坛就像一件刚雕成的艺术品，摆放在那里十分和谐。花草丛中常常传出优美的乐曲，让你沉浸在欢乐之中。

公园里也有可圈可点的地方。面城而立、上刻乾隆御书“杭州西湖”四个盈尺朱红大字的巨石，临湖而建、充满传奇色彩的澄楼，还有清西湖十八景之一的亭湾骑射，曾经是南宋状元摆宴之所的涌金楼（旧址重建），都吸引着游人驻足赞叹。

公园里人很多。背着包，拿着相机，或三五人或十多人，边走边说匆匆而过的，是外地来的游客，他们是慕名来看西湖的；那些坐在木椅上、石阶上，或面对湖光发呆，或目不转睛半张着嘴甜甜地笑着的，或指指点点自言自语，或坐一会儿站一会儿总觉看不够，就是不愿离开的，是来品味西湖的；还有自娱自乐的、品茗打牌的、聊天的、说爱的，或坐在轮椅上让人推了转来转去的，或干脆拿了手中活、自家椅，一边听唱一边干活的，是来享受西湖的。

我和老伴从人群中走出，沿着曲曲折折的湖堤，欣喜地贪婪地看山看水，悠闲地说天谈地，仿佛也变得年轻了。

“一陀儿一句诗题，行一步扇面屏围。”一幅绝妙的山水画卷随着我们的脚步徐徐展开了，一个又一个的惊奇让我流连忘返。置身在山旖旎妖妍、水回环妩媚的山色湖光中，还真有心旷神怡，百虑顿消，宠辱皆忘之感！

来西湖少不得要坐船。西湖的船大致分两类：一类是两头尖，长六七米，宽一米多，最多可坐六人的小木船，有船工划着，运营方式跟马路上的“面的”相仿；另一类就是机动船，一般可坐二三十人，运营方式跟公交车相仿。我俩在钱王祠码头坐了机动船，刚上去还有点怕，但船开后很平稳，比坐汽车舒服多了。我拉着老伴走出船舱，大胆地坐在船尾的椅子上，领略着有生第一次见到的醉人风光。云淡天高，清风徐来，绿水荡漾，空明澄鲜，湖天一色，鳞跃鸥欢。浩浩荡荡，飘飘忽忽，如凭虚御风，如羽化登仙。湖面好象抬高了，更加宽阔了，山好象后退了。船两边翻卷着的哗哗水浪，船后拖着的用浪花连缀成的白中杂绿的尾巴，也十分壮观。

船去了湖心亭，岛上竹树翠绿，曲径萦绕。站在那座两层飞檐、顶铺金黄琉璃瓦的湖心亭上，看四周水茫茫，云绕绕，才感悟到了“孤亭好在水云间”的壮美。一船一船的游人纷至沓来，把本来宁静的小岛嚷得闹若街市。

船去了小瀛洲，湖中有岛，岛中有湖，湖岛环叠，仿佛走进了湖岛编织成的绮丽多姿的神话世界。看三潭印月，过曲桥观鱼，坐亭上赏桂，憩竹径纳凉，处处惬意。瀛洲是神话传说中的仙山，此处取名小瀛洲，大概是美可相匹，同样奇绝的缘故吧！

上岸已是夕阳在山，回头再看西湖却是另一番景致了。湖山、游船、公园都笼罩在灰蒙蒙的薄雾中，远的地方已分不清哪是山哪是水了。一束阳光斜射在湖面上，照出一片椭圆的闪着灿灿亮光的金黄。这灿灿的金黄又不是整块的，是无数小金片乱拼起来的。就像把很大很大一筐小金片倒在玻璃般的湖面上，有的小金片迸远了，散乱地在椭圆外闪亮着。而椭圆内靠边的地方是一层小金片闪亮着，再往中心，小金片便堆了起来，灿烂四射的金光也就更加耀眼夺目了。这天下奇观让我又一次激动不已。

明代文学家袁宏道在《西湖杂记》中记述他第一次游西

作者和夫人

湖的感受。他说:“才一举头，已不觉目酣神醉。此时欲下一语描写不得，大约如陈阿王初遇洛神也。”今日匆匆一看，颇有同感。让人神醉，让人爱慕而不忍离去，那是因为西湖太美了!

西湖本是钱塘江的一个左水湾，成湖是大自然的功劳，而历朝历代的疏治才是西湖越来越美的原因。尤其现在的杭州人把西湖当新娘一样打扮，她能不美吗?

逛白堤

我读过白居易“最爱湖东行不足，绿杨荫里白沙堤。”的诗句，到西湖首先想到的是逛白堤。

烟柳画桥的白堤与孤山相连，像一条色彩斑斓的巨龙，横卧在泱泱碧波中，隔开了里湖外湖。从空中鸟瞰，白堤苏堤便是印在湖面上的两道绮丽的风景线。

白堤原名白沙堤，并不是白居易所筑。是后人为了纪念白居易这位疏浚西湖、造福于民的好官，才改名叫白堤的。

白堤最东头是连着湖岸的断桥，紧贴断桥的荷塘，虽早已红尽绿残，但还可以想象出“接天莲叶无穷碧，映日荷花别样红”的夏日辉煌。站在断桥上自然而然就会想到白娘子与许仙美丽的爱情故事。杭州有一首《白蛇山歌》，从正月唱到十二月，把白娘子与许仙一见钟情、借伞成亲、一直到小青祭塔救出白娘子，所经历的波折坎坷都唱了出来。歌颂爱情，鞭挞邪恶，十分动人：

正月梅花开满林，许仙西湖去游春；

白娘娘一见中了意，小青作法起乌云。
二月杏花白如银，叫船摇到涌金门；
白娘娘上岸把伞借，许仙讨伞结成亲。
……
十月芙蓉小阳春，许仙逃回杭州城；
断桥夫妻重相会，白娘娘生下小官人。
……
十二月花名唱完全，法海从此留骂名；
人人同情白娘娘，雷峰胜迹留美名。

断桥也是看西湖的好地方。李流芳《西湖卧游图题跋》说："往时至湖上，从断桥一望，便魂销欲绝"，"湖之潋滟熹微，大约如晨光之着树，明月之入庐。盖山水相映发，他处即有澄波巨浸，不及也"。并有诗说："十里西湖意，都来在断桥。"这也许就是断桥上一年四季人拥人挤的缘故了！

断桥边还立着一块上书"断桥残雪"四字的石碑，告诉游人，这就是看西湖十景之一的"断桥残雪"的地方。不过那得等到一场大雪过后，日出天晴，断桥拱顶上的积雪化了，露出一小段黑黑的桥面时，才会出现远望桥如断开的奇观，不是随时就能看到的。

踱过断桥，漫步在白堤上，天淡云闲，山远水阔，感到一种从未有过的轻松和闲适。白堤宽约三十米，中间是新铺了沥青路面的十米宽的笔直大道，两边是用矮护栏围了的一块一块的草坪。草坪上的花坛造型别致优美，五颜六色的花还盛开着。再靠边是条石砌成的两米多宽的堤埂，小游船就靠在堤边，船工在不停地招揽生意。

白堤的树只有垂柳和桃，时令快到冬至了，可眼前只是草坪、柳叶稍带了点黄，桃落了叶，股如干梅枝。除此，依然阳光明媚，湖风清软。苏堤树大绿浓，遮天蔽日，是“浓抹”；白堤树小而稀，嫩绿嫩绿的，是“淡妆”。正因为白堤的秀美明朗和特殊的地理位置，就成了人们游湖观光必去的地方。虽是冬天，白堤上的游客仍然成群结队，川流不息。看他们灿烂的笑容，潇洒的脚步，就知道多开心了。

顺堤往西走，视野越来越开阔。南望外湖，山绕水铺，湖映天碧。波澜不惊的浩淼烟波上，古色古香的楼船载着游人的笑语欢歌浩浩荡荡；轻摇的小舟或荡着情侣的浪漫，或荡着诗友的文思，或荡着老年人的愉悦，如飘在湖面上的一片苇叶，悠然自得。对岸山水相接的地方茫茫渺渺的一片，就连矗立在夕照山巅的雷峰塔也隐隐约约，只能看出一点点轮廓。唯独顶铺金黄琉璃瓦、巍然屹立在吴山顶上的城隍阁，横空跃出，矫首傲视云天，格外雄丽。远山如云生，如雾起，莽莽苍苍，活像米襄阳笔下的泼墨山水。北望宝石山，素有美女之誉的保叔塔亭亭玉立，风姿秀逸。像凝视碧波荡漾的湖光，像在镜子里看窈窕的倩影。山坡上松竹叠翠，枫叶如花，艳丽如织锦。葛岭明丽，状如屏风；孤山凝碧，形似黛簇。

悠然信步，纵情驰目，无处不是景，无处不销魂。

当我欣赏着品味着眼前的“真山真水真图画”的时候，一位老杭州却告诉我，冬天不是逛白堤的最佳时节。他说：如果是春天，山色如娥，朗润朗润的；湖波如绫，湛蓝湛蓝的。满堤一树树的桃花红了，如彩云，如朝霞。一块块草坪绿了，就像用翡翠铺上去的。温风飘絮，花草溢香。那时到白堤来能看到最美的春色。若是夏天来，湖上荷花开了，红的映日如火，白的洁净如雪。红幢绿盖，千姿百态，一眼望不到边。还有嬉戏的野鸭，闲散的鸥鹭，从荷丛深处飞出的菱歌。……堤上柳浪袅袅，绿荫成幔，“轻风舞燕，雏莺学弄新簧”，不管是来看水观花还是听鸟纳凉，总有一股淡淡的荷香飘来，让人心清神爽。如凑巧，还能看到“骤雨过，珍珠乱糁，打遍新荷”的奇景呢！若是秋天来白堤，就更美了。“占断花中声誉，香与韵、两清洁”的桂花开满湖上，沁人心脾的浓浓桂花香谁闻了都醉意三分。中秋的晚上，“天容水色西湖好”，没有一丝儿淡云潺雾的明净的夜空，桂魄飞来，玉盘光转。如镜的湖面上，月点波心，影如沉璧。皓色千里，风清夜香。来赏月的人携家带眷，拥向白堤，从断桥到平湖秋月水泄不通。看天上月，赏水中月，圆心中月，整个白堤沉浸在欢乐温馨的氛围中。那才是白堤最自豪的时刻！

老杭州的一番话把我醉了，也把我的心拴在了白堤上。

记忆中的孤山（一）

孤山是西湖上唯一一个美丽的天然小岛。自人们给它东边连了白沙堤，就只能称半岛了。再后来，西湖的整修建设者在大船小舟日夜忙碌的西泠渡口架起了大桥，孤山便和岸上相通了。杭州人说西湖上有一山、二堤、三岛，显然孤山不算岛了。矮矮的孤山只有三十八米高，绕山麓一周也不过两千多米。就是这样一座弹丸小山，相传从南北朝时就被锐目慧眼看中了。之后，佛家建寺院，殿宇辉煌；皇家建行宫，琼楼玉阁。孤山也是文人雅士喜欢去的地方，代有名贤。白居易、欧阳修、苏东坡都曾是常客。北宋诗人林和靖对孤山情有独钟。生住孤山，死葬孤山，唱了一出至今还传说着的生死恋。孤山如此受青睐，细究其因，那是因为孤山风光太诱人了。

孤峙湖中，形如黛簇的孤山，挽着里湖，牵着外湖，四周云水茫茫，烟波渺渺。湖山一体一韵，淡冶相得。若是朝日始出，或夕阳未落，可见湖水染绿之功，山岚设色之妙。日闻渔歌袅绕，夜见轻棹悠悠。人说孤山是造化钟灵秀，藏神奇的地方，一点不假。

孤山顶上奇绝秀丽之气磅礴，画栋宏丽，飞阁凌空。云树古木，枝茂叶密，凝绿叠翠。千寻佛塔，挺出翠微。山阳坡明丽而俊秀。亭榭楼台，参差错落，掩映在绿树丛中。山花争艳斗妍，四季芬芳。好鸟飞来枝头，歌喉千啭，舞姿翩翩。还有日夜喷涌的甘甜清澈的山泉和陪伴在旁的奇石灵岩。那景致像是黄宾虹大师手握“横扫素缣三百尺”的妙笔，蘸上最美的色彩，就山势纵情挥洒出的巨幅画卷。山脚下东西走向的孤山路，游人川流不息，严冬酷暑亦不稍减。除了楼外楼的西湖醋鱼吸引着食客频频光顾外，几乎看不到别的商铺。孤山路南就是西湖十景之一的平湖秋月，那是个如梦如幻的地方。沿湖堤一片带状园林，柳丝如烟，俯垂湖面。巨樟如盖，枝叶荫翳。风簾翠幕下的假山、竹石、布列有致；小桥、曲径、别有洞天。若系舟柳下，或在岸或在舟，或独酌或对饮，自是一种悠闲。茶座常常客满，亦不喧哗，有的茶客意不在茶，只是为了找个欣赏西湖的好位子。湖边一座木结构的古典式楼阁十分华美，楼檐下悬着启功先生题写的“平湖秋月”匾额。廊柱上有副对联：“穿牖而来，夏日清风冬日日；卷帘相见，前山明月后山山。”画龙点睛之笔，道出了此处的天然妙趣。楼前一墙之地，几与湖平，走上去有登舟之感。凭栏而望，平湖万顷，碧波接天。群峰滴翠，松竹摇风。美丽的湖光山色尽入眼帘。

到了中秋的晚上，银河星灿，冰轮升空，湖面上月光波光一起浮动。水碧天青，万象澄澈。在一片皓色中，与友载酒泛舟赏月，则有“击空明兮溯流光”之妙，“身在舟中便是仙”之乐。

山阴坡与里湖为邻，清静而幽雅。有古今知名的梅园和大片的树林。孤山的梅始种于何时不曾听说，但白居易“三年闲闷在余杭，曾为梅花醉几场。伍祖庙旁繁似雪，孤山园里丽如妆”的诗句，就足以说明唐时孤山的梅园已是众芳暄妍，扬名余杭了。至今还躺在孤山的北宋诗人林和靖二十多年种梅不断，应该是梅园建设的功臣。“雪后园林才半树，水边篱落忽横枝。”林和靖眼中的梅够俏的吧！苏东坡也有“孤山山下醉眠处，点缀裙腰纷不扫。”的诗句，落英缤纷，人与同眠，谁舍得扫去呢！据传元、明、清都有人在孤山种过梅，而且数量不小。有如此悠久的种梅历史，孤山被称为梅屿就不足为奇了。孤山的梅在山临水，清艳恋人。其姿寒瘦，其态孤逸。去冬，我和老伴多次去寻梅，从枝头露出小米粒一样的花苞起，隔几天必去一趟，不避风雪。有一天，真的春信破寒而来，南枝蕾绽花发。我俩高兴得了不得，品赏再三，总觉不能尽兴。雪里赏梅，既能看到“雪似梅花，梅似雪花，似与不似都奇绝”的高洁之美，也最能品读到“已是悬崖百丈冰，犹有花枝俏”的铁骨正气之美。“疏影”、“暗香”之境胜以清幽，而我更爱冰雪里的苍劲。今春又去了，暖日烘晴，万枝吐芳。红如霞，朱砂点染，粉如雪，玉洁冰清。绿萼虽少，然高雅出尘，独具仙风，更为观赏者注目。崖间花笑、水边香飘，梅写春意娇。赏梅者扶老携幼，络绎不绝。

梅园旁的树林是听鸟的好地方。这儿的鸟一个赛着一个叫，叫声婉转悦耳，像有谱似的。有时大伙儿一齐叫起来，有时戛然而止，像有谁指挥似的。和柳浪闻莺的鸟相比，孤山的鸟叫更为动听。

里湖的荷完全可与曲院的荷比美。宋人潘阆就曾用“芰荷香喷连云阁”的诗句写其胜。又因荷塘连着孤山，很受观赏者的欢迎。炎夏盛暑，荷花开了，“红云半压秋波碧，艳妆泣露娇啼色。”清风披拂，香芬四溢。赏荷的人在树下洁净处设座，冲一壶上等龙井，品茗、听鸟、观花，豁达胸气，怡情愉悦，非他处能比。

孤山是一座神奇的山，晴雨烟月，风景互异。晴时，山石树木，楼阁亭榭，一如工笔所描，无一笔不真切，风物雄丽中透着清秀之气。雨时，像泼墨写意，莽莽苍苍，山色空濛中含着几分神秘。有次雨后我去孤山，远远看见山上山下云蒸雾腾，缥缥缈缈，好像整座孤山在湖面上浮动。仿佛那就是金阙，那就是银台，那就是“蓬莱阁在水中央”。人间难得一见的奇景，深深地印在脑际，让我不能忘怀！

“钱塘之胜在西湖，西湖之奇在孤山。”

记忆中的孤山（二）

孤山之奇不只在于醉人的自然风光，还在于丰富的、多姿多彩的人文景观。孤山路二十六号，是一个很不起眼的地方。古旧的大门常年紧锁着，门上竖着一块用满汉两种文字写着“文澜阁”的匾额。围墙比一般的院落高出了许多，刷白的墙皮也已开始脱落，墙头上有干黄的可能有时也是绿着的藤蔓。再从墙外往里看，就只能看见长满杂草和苔的瓦铺的楼顶，还有刚搭起来的大概是修葺用的脚手架。知情人说院子里有假山荷池，但那景致从墙外是看不到的。

现在看起来略显苍凉破败的文澜阁是藏书名楼，国家级重点文物保护单位，有着一段不寻常的历史。清乾隆三十七年（1772），由纪晓岚、陆锡熊任总纂官，多位知名学者如程晋芳、任大椿、戴震、姚鼐、翁方纲等参与修纂的《四库全书》，历时十年，于乾隆四十七年（1782）告成。收书3503种，编成79330卷，分装36000多册。是一部荟萃典籍最多的综合丛书。虽有错讹之处，但在保存古代文化，整理历史文献方面具有重要价值。成书后共抄写七部，分藏七阁，其中一部就珍藏在杭州孤山的文澜阁。据说有一代宗师之誉的著名学者马一浮先生为了阅读《四库全书》，借居离文澜阁不远的广化寺，闭门谢客，遍读经史百家，受益颇丰。《四库全书》在文澜阁的70多年里，经历了战火，散遗损坏严重；也经历了仁人志士的奋力抢救、补损，奇迹般地修复完整并保存了下来。其中的感人故事至今还挂在杭州人嘴边。《四库全书》现存四部，其中就包括藏在文澜阁的这一部（现藏浙江图书馆）。

我们没有理由忘记它，既然脚手架已经搭起，相信过不了多久，门上那把大锁真正开启的时候，文澜阁这座曾经辉煌但又历经坎坷的皇家书楼将一洗历史陈垢，以崭新的面貌和游人见面。

文澜阁向西一墙之隔的中山公园，是康熙行宫毁于大火后留下的一片空地，昔日的辉煌谁也看不到了，入眼的几株大树是后人栽上去的。正北面的山崖上镌刻着“孤山”两个朱红大字，字高一米五，楷体，是南宋人的手笔。游孤山的人都愿在这儿拍照留念。山半坡有石砌的平台，台上有石护栏，有亭榭，过平台拾级而上可登山顶。山崖靠东低洼下去的地方是一处园林，据传是康熙行宫的后花园。园林的设计者匠心独具，借山崖遮隐造静寂之境，襟带碧波建亭作清幽之景。叠石为山，势极雄奇，与他处玲珑者不同。小径回环，随地势起伏。池水漾碧，游鱼可数。池边石高低正斜交错如犬牙。九曲桥接“西湖天下景”亭，亭虽年久，亦有风姿。

“水水山山处处明明秀秀，晴晴雨雨时时好好奇奇。”这幅脍炙人口的佳联就刻在亭柱上，既向人们展示着对联本身不可磨灭的艺术魅力，又巧妙传出了西湖秀美的神韵。

和文澜阁相比，有“天下第一名社”之誉的西泠印社是全开放的。圆圆的月洞门一年四季敞开着，游人随便出入。门上有沙孟海先生的题额，还有一块“涉外参观单位”的牌子。走进月洞门，孤山脚下一片二十多米见方的平地，平地正中坐北向南的楼阁就是柏堂。柏堂是一个展厅，用文字和图片讲述着西泠的社史。由丁辅之、叶为铭、吴隐等人发起创办的西泠印社，始建于1904年（光绪三十年），因地近“万绿西泠”而得名。印社以“保存金石，研究印学”为宗旨。但由于金石书画大师吴昌硕出任第一任社长，名流大家黄宾虹、李叔同、马一浮、张宗祥等次第加盟，西泠印社实际上是一个精英荟萃的文化团体，不仅在国内，在日本、东南亚也影响很大。日本著名篆刻家长尾甲就是西泠早期社员。印社社员每年清明、重阳各聚会一次，十年举行一次大的庆典。柏堂东有启功先生题额的“印人书廊”，墙上镶嵌着二十几块刻石，上刻吴昌硕、沙孟海、吴湖帆等书法家的大作。有的气韵高古，法度严紧；有的龙翔凤翥、荡气回肠；有的拙朴，有的姿媚，皆大家气象。柏堂西有刘江先生题额的“印人印廊”，放大到一尺见方的印拓近百幅，二十世纪以来篆刻大家及各个流派的代表印作都能看到。各尽其妙，各臻化境。这在别的地方是无法看到的。柏堂前是莲池，碧波荡漾，夏亦有香荷出水。池东边有百年大樟树，西边有竹阁，亦一景也。

柏堂后有两条小径可通山顶。曲径在树林香花中蜿蜒，亭榭在山坡上散布。山腰有印藏，旁有铭文。李叔同祝发前将其所刻印章全部捐给了西泠印社，印社便把它封藏在山崖间，故名印藏。印藏二字为日本籍印社社员所题。下有印泉，泉不大，泉水清湛。又有仰贤亭，亭壁嵌石上刻着印社先贤像，供人观瞻。牌坊上有副对联，即事取材，即地取材，妙趣天成。爱好者或诵读，或抄录，展转相传。

旧雨新雨，西泠桥畔各题襟，溯两汉渊源，藉徵鸿雪；
文泉印泉，四照阁边同剔藓，挹孤山苍翠，合仰名贤。

上到山顶是一块平台，有八面十一级的华严经塔，有汉三老石室、吴昌硕纪念馆。还有为纪念浙派印人始祖丁敬（号龙泓山人）开凿的小龙泓洞。洞口呈矩形，高五六尺，宽六七尺，深不到两丈，中间有拐弯，过洞即是后山。另有文泉、闲泉，连接两泉的是长不到一米，宽不足一尺的锦带桥（据说是白堤锦带桥上的一块条石）。文、闲二泉泉壁上都有刻字，只是绿苔浸漫，不好辨认。但是我们没有找到大名鼎鼎的四照阁，也没有找到挂着“不雨山常润，无云水自阴”对联的孤山寺。华严经塔下是观赏西湖的好地方，北看里湖，就在脚下，湖水清幽，秀美而文静。若起一丝微澜，就像一把弹奏着《渔歌》的古琴。南望外湖，浩浩十里，气势开阔。日映湖光，灿若银盘。湖心亭、阮公墩、小瀛洲三岛如翡翠雕成，是落入盘中的似乎还在微微动着的翠珠。令人叫绝的是三岛摆成一个端端正正的“品”字，这大概是老天爷提醒人们：欣赏西湖美景妙在一“品”吧！游人舟船，疾着自疾，缓着自缓，浩浩乎，悠悠然，像一个个游弋的音符，像一个个跳动的琴键。在银盘上，在舒放浪漫的旋律中弹奏着快乐，弹奏着升平祥和。六桥垂杨绿柳，牵风引浪，像一群翩翩的伴舞女郎。四山如宾，着霞披彩，借着轻风，传来悦耳的和声。人都说西湖山水是绝妙的画卷，而我觉得西湖山水更像是大自然和劳动者共同创作的刻在大地上的优美抒情的乐章。

我和老伴每游孤山，必来此观湖。随意评说，驰骋想象，尽兴了才下山。

游孤山，俞楼是必去的。

孤山西南麓的一小块平地上，在绿树翠竹的环抱之中，有一座歇山式两层三开间的楼阁，楼檐下悬着“俞曲园纪念馆”匾额，柱上有联：“千古一诗人文章有交神有道；五湖三亩宅青山为屋水为邻。”不用说这就是俞楼了。距西泠印社也就二三十米。

走进俞楼，展厅正中间是一座书山，线装蓝皮、十倍于原书的模型，《春在堂全书》《群经评议》《诸子评议》《第一楼丛书》《经说》等，一层层叠起两米多高。俞老的半身画像就矗立在书山顶上，慈祥可敬，眉宇间没有一点污浊气，神色里透着“焚香自读花间集，把酒同看海外山”的豁达。推测造型设计者的意图，是要直观地告诉游人：俞曲园是一位著作繁富、成就斐然的朴学大师，文坛硕彦。厅内有俞曲园生平学术成就介绍，还特地介绍了他的学生徐琪、章太炎以及他的曾孙俞平伯。

俞曲园（1821—1907），道光三十年进士。其诗“花落春仍在”一句大得主考官曾国藩的赞赏，说此句“咏落花而无衰飒意”，与宋诗人宋祁“将飞更作回风舞，已落犹成半面妆”之句有异曲同工之妙。因此，俞曲园保和殿复试得第一，入翰林院，钦点为庶进士。不久出京为河南学政，因试题割裂案，跌进了几乎跟苏东坡乌台诗案一样的祸坑。多亏曾国藩极力保奏，才捡了条命。出狱后客居苏州，名所居为“春在堂”，潜心做学问。再后来应邀回杭州任诂经精舍山长。“越山吴水随所适，布衣素食了余生。”一边教书一边治学，著有《春在堂全书》250卷，成就了清末一位大儒。

光绪四年（1878），学生徐琪出资兴建俞楼，后彭雪琴又出资扩建。俞楼成，题赠楹联的人很多，俞曲园嫌其“推崇过甚”皆不受，唯有冯听涛“诸子群经平议两，吴门浙水寓楼三”一联，“语颇切当”，乐而受之。现在看到的俞楼定是后来重建，俞曲园既然不愿接受“身为一代经师”的称誉，又怎么能接受“千古一诗人”的赞词呢！

俞曲园也曾自为俞楼撰联：“合名臣名士为我筑楼，不待五百年后，此楼成矣；傍山南山北沿堤选胜，恰在六一泉侧，其胜何如。”联中对俞楼选址六一泉侧，颇感荣幸。六一泉周围确实景色绝佳，如徐谓所言：“山色迎眸皆入画，泉声入耳半凝空。岩花带雨香犹蕴，新竹摇风致更融。”但真正让俞曲园高兴的是要与北宋大文学家欧阳修作邻了。

六一泉，我曾寻访过。

在西泠印社与俞楼中间，有一片不太大的空地。空地中间有大树，游人常在树下小憩。靠北依山崖建有半亭，高不到三米，亭下山崖凹进去，亭内有四五平方米可避风雨的平地。亭前有清泉一眼，泉水汩汩，泉口呈半圆形，最宽的地方两米多。这就是六一泉。泉因何出，名因何取，还有一段佳话。

熙宁四年（1701），苏东坡遭贬去杭州做通判，欧阳修把友人惠勤和尚介绍给了他：“西湖僧惠勤甚文，而长于诗，吾昔为《山中乐》三章以赠之。子间于民事，求人湖山间而不可得，则盍往从勤乎？”苏东坡到杭州的第二天就迫不及待地“访勤于孤山之下，抵掌而论人物”。惠勤十分尊崇欧阳修，说：“公，天人也。”从此苏、惠结为挚友。第二年欧阳修辞世，苏东坡到惠勤处同哭。元佑五年（1090），苏东坡第二次去杭州，惠勤也已化去。苏东坡在惠勤旧居探访，惠勤弟子告诉他，前几个月，讲堂后的孤山脚下突然冒出一眼清泉，“汪然溢流，甚白而甘”，说这是惠勤师父出泉相迎，要苏东坡作铭。苏东坡遂为泉取名六一泉（欧阳修号六一居士），并写了那篇情文并茂的《六一泉铭》。

泉出天然，本无心无情，然而苏东坡旧地重游，深深地怀念着恩师欧阳修，深深地怀念着好友惠勤，遂借泉寄情，妙笔点化，六一泉便成了两位大文学家、一位诗僧友情的印证，成了千古读不完的文章。站在六一泉前，看着清冽如酒的泉水，默默背诵《六一泉铭》，我的心常常被感动。

孤山是一座风景如画的山，也是一座文化堆积起来的山。有时一棵树一块石头，就承载着一段历史，或记录着一件人文趣事。我记忆中的一点，就像读一本厚厚的好书随手翻开的几页。

游孤山就这么浓的书卷味，看着画，欣赏着音乐，解读着历史、诗文，享受着人间天堂的圣洁之美。

云栖九溪龙井

车出了灵隐隧道，就离开了喧嚣的市区，来到了清幽静雅，画山绣水的郊野。千峰摇翠，万绿如梦。连绵逶迤的山峰像无边的绿色海洋上涌起的层层波浪，而我们也不像是坐在疾驰的车上，倒像是驾着轻盈的小舟，潇潇洒洒地在绿波翠涛间荡桨。

下了山，车傍小河南行，河水清醇得让人不敢相信，看着都能醉人。拐了两个湾，藏在右边山窝的一块风水宝地渐渐地露了出来。茶山下一个不太大的村庄，家家楼房，户户茶馆。远远看见随风作波的茶旗，仿佛闻到了飘来的茶香。村前的停车场上，各种高级轿车像乌龟一样趴得满满的，找不到车位的都停在马路边上了。我惊讶地自语："茶客真多啊！"我旁边的司机说："这还不算多，每年新茶开采后前来品茶的人那才叫多呢，车队要排几里长呢！"这个美丽富饶的小村庄就是西湖龙井茶主产地之一的梅家坞，在"狮、龙、虎、梅、云"五大茶号中，产于梅家坞的"梅"字号清香味醇，以色绿享誉。周总理曾五次陪外国元首到梅家坞参观访问。音乐家周大风先生也是到梅家坞采风后写出了很受人们欢迎的《采茶舞曲》。现在的梅家坞已成了杭州人休闲的地方。到了周末，举家开车来，品茗打牌，看山看水，玩够了再回去。不是神仙，胜似神仙。

我们的第一站定在云栖，所以只能隔车窗望望。

史称湖山第一岙的云栖，位于西湖西五云山西麓，素以竹树茂密，清凉幽静著称。“翠滴千竿遮径竹，寒生六月洗心泉”，酷暑炎夏，谁不向往！其实云栖的四时之景各有其妙，游者也四时络绎不绝。俞曲园《春在堂随笔》有这样的记述：“癸酉春日，扬石泉中丞招同彭雪琴侍郎，至云栖作竟日之游。是日，宿雨初晴，清谈极欢。”文中还提到这种雅游不是第一次。

云栖入口处有石牌坊，上有陆俨少先生的题联：“迎绿为载无尽竹，缘云直上最高峰。”岙内有自东向西蜿蜒的小溪，溪色澄然，泠泠有声。溪两边的山坡较平缓，长满了翠竹，猗猗千亩。竹太密则乏风致，过稀则不够味。这儿的竹一如人意，恰到好处。俞曲园所谓“修篁夹道，意境殊胜”者。竹有小碗口那么粗，三层楼那么高，密密层层的竹叶，遮住了天日。

傍溪有条三米多宽的行道，道旁有陈云题写的“云栖竹径”碑。行道虽不宽，但有讲究。中间是米黄色石板铺成的主道，两边是卵石铺的辅道，主道和辅道用黑色的砖块隔开。据说清康熙、乾隆曾多次来这里，主道就是专为皇上铺的。有一亭名遇雨亭，据说是康熙曾避雨的地方。

沿道逆溪而上，挺立在路边的带“档案牌”的株株古树让人惊叹。或霜皮溜雨，拂云参天；或铁干劲枝，千瘿万螺；或怒根出土，磊块诘曲。一千三百多年的枫香，粗过五围、高近二十丈，仍生机勃勃，枝叶如盖，要不是亲眼所见，谁能相信呢！古树实为云栖一大景观，其动人处不逊于竹。古树的孤傲、伟岸与竹的清秀相互映衬，个性彰显，更开一重境界。北京的皇家园林有比这儿更多的古树，但给人留下深刻印象的却不多。小外孙一路尽出难题，让我们猜树龄、猜树高、猜树名，但往往猜错。

走进竹林深处，满目劲节，一片清风世界。清寂里忽觉重负皆释，轻松惬意。坐在华美的洗心亭听无一点尘俗气的鸟鸣，散步在悦性亭看绿赏韵，或去溪边听如歌的泉声，或在山崖间看刚出土的新笋，到处都能感受到竹林的雅趣。或坐在光滑的石头上，闭上眼睛，听沙沙的竹叶声，让清风荡涤襟怀；或驰骋想象，或冷静思考，从竹的正直、有节、虚心的品质诠释道德的人生。要不然就在这个亮节乾坤里，信步啸歌，也是一种愉悦享受。苏东坡有“两丛恰似萧郎笔”的名句，意即竹像唐代画家萧悦画得那么美。我这里篡改一下，“万株绝胜萧郎笔”，用以题颂云栖。

旧云栖六景之一的青龙泉，因石奇泉清竹多韵致有名：“喷出玉花归石鼎，却疑香积有龙涎。”谁不想去看呢！我们按图索骥，却始终没找到，稍有遗憾。后听人说泉已干涸，已无昔日风采。也有人说青龙泉不在这条道上。

大约走了五六里路，就到了云栖寺，也就是竹林的尽头。古寺为宋时建筑，传说五云山的彩云常来这里栖留，故名云栖。寺前有茶馆，游人小憩即原道返回。

走出云栖，换车来到钱塘江边，这是从南边去九溪的必经之路。宽阔的原野上，“江水碧，染就一江秋色”。钱塘江曲着身子熟睡似的侧卧着，那么清澈，那么秀美，那么柔静。听不见水声，看不见浪花，宛若平湖。看着眼前的钱塘江，谁能想到起潮时如“玉城雪岭，际天而来”，“震撼激射，吞天沃日”呢？钱塘潮以农历八月十八为最，古今享誉，中外驰名，天下奇观也。观潮要等到下午，我们稍事停留，便去了九溪十八涧。

杭州人说九溪发源于龙井狮子山和杨梅岭，因汇入九条小溪流入钱塘江而得名。我倒不想问为什么，只觉得这名字起得好：水网如织、沟沟岔岔、溪流潺潺，一派诗情画意风光，起人游兴。九溪入江处比较开阔，树下、溪边、草地上，到处是游人，到处是五颜六色的小帐篷。厌倦了城市的嘈杂，被鸟笼式的高楼关闷了的城里人，来到这里或野炊，或望山听泉，或下棋打牌，或盖天铺地躺在草坪上，吸纳着大自然的清爽灵奇，释放着胸中的压抑烦恼。逆溪而上，看见山泼黛，树漾碧，飞瀑如练，玉渊澄碧的地方，便是著名景点“九溪烟树”。那里人更多，找不到一点插脚的地方。过了溪中溪，就进入了窄窄的峡谷。秀峰对峙，嘉树青藤，深翳萦密。溪水清亮见底，寒色照胆，清气彻骨。溪宽不过两三米，深不过二三十公分，在山间折来折去地低吟着。小道和溪流像两股拧在一起的绳子，多次交叉着。溪上虽有蹦石，但年轻人还是喜欢淌水，而我觉得颤巍巍地走过蹦石也是一种稍带惭愧的快乐。人行树下，清凉自不待言。若有兴，可去溪中洗濯、摸鱼，细草翠润，香气蓊勃。

愈进愈幽，愈进愈奇，游人也越来越少。有时山障翠遮，前若有阻；有时怪石隐现，如狮欲搏，如虎将斗，其状骇人。走了好长一段屈曲的小道，在山重水复深处找到了一块五六平方米的光线较好的草地，儿女们忙着支帐篷，我便懒散地躺下。湛蓝湛蓝的天空，又净又亮又润，像刚洗拭过一样，怎么看都是漫天喜色。那一缕刚飘过来的几乎透明的白云，估计是风吹落的仙女们晾晒的丝巾。四山烟鬟欲滴，苍翠万状。涧底叮咚的溪水伴着远一声近一声的鸟鸣，弹奏着山间的幽静。“山深则景奇，心一则境辟，人不精进，安有得耶？”这话说得多好啊！藉草静对江山奇胜，只觉得神悦心清，五脏六腑如洗如涤。

清末大儒俞曲园游九溪后写下了一首叠字诗：“重重迭迭山，曲曲环环路。丁丁东东泉，高高下下树。”朴实无华的诗句，巧妙地传出了九溪清幽的神韵。白居易在《冷泉亭记》中说：“东南山水，余杭郡为最。就郡言，灵隐寺为尤。由寺观，冷泉亭为甲。”俞曲园则说：“九溪十八涧乃西湖最胜处，尤在冷泉之上。”冷泉亭上我也坐过，冷泉边我也洗濯，那确实是个勾人魂魄的地方。但很难说孰为甲，孰在上。依我看，是两位老夫子各有偏爱罢了。

山水之乐在兴，天伦之乐在情。我和孩子们在人间天堂最胜处观赏万千气象，领略无限风光，自是乐上加乐了。

离我们帐篷不远的山坡上是一片茶园，一对中年夫妻正在采摘。我老伴、女儿和小外孙看着看着忍不住了，就凑过去动起手来。龙井茶的要求非常严，只采顶上的一芽一叶，长度不得超过 2.5 厘米。三个人忙乎了好一阵子，虽说采的茶青还不到一两，但毕竟陇上人参加了江南人的劳作。“我采茶了！”多么有意义，能不高兴吗！

下午四点多起身继续前行。刚才还是豁豁亮亮的，一转眼烟笼雾锁，满谷迷蒙，几不识路。但十几分钟后又见丽日高照，青翠掩映，山花抽篮。龙井村是一个夹在两山间的小村庄，百来户人家全是茶农，马路从村中间穿过。路两边是茶农开的一家家茶馆，茶馆门前醒目地安放着一口炒茶专用的大锅。来龙井不能不品茶，我们随便走进一家茶馆，主人非常热情地接待了从大西北远道而来的客人。龙井茶的等次很多，我们选了最贵的明前茶，色绿、香郁、味甘、形美，我人生第一次享用了中华第一名茶。龙井茶在唐代就有记载，宋代已列名茶之首。到明清时变蒸青为炒青，品质更加优良，清乾隆时定为朝廷贡品。杭州人称龙井茶、虎跑泉水为湖上双绝，有虎跑泉水试新茶的讲究。明人高濂《四时幽赏录》中说：“西湖之泉以虎跑为最，两山之茶，以龙井为佳。

谷雨前采茶旋焙，时激虎跑泉烹享，香清味冽，凉沁诗脾。”茶馆主人还说村后的狮子峰是乾隆多次来过的地方，那里有乾隆亲封的十八棵御茶树，要我们去看看。

走出茶馆，已来不及去狮子峰，便直奔风篁岭，找到了西湖三大名泉之一的龙井。龙井村到龙井寺只隔一道山梁，大约五里路，龙井就在寺院内。钻过一个石洞门，迎面的山崖上刻着“龙井”二字，下有一泉，状如井。泉口直径约五尺，泉水清冽，深不见底。四周古树挺立，藤萝遍布。有趣的是用棍子在泉水中朝同一方向搅动，水中就会出现一条灰白色的分水线，屡试不爽。这种现象当地老人说是龙显影，而科研人员则说是水中矿物质所致。井前的山坡上是依势而建的古色古香的亭榭群，高低错落，风采各具，共同烘托着龙井的神秘与悠久。

拜了龙井，去龙井寺改建成的龙井茶室喝杯茶是件有纪念意义的事，看那副对联：“泉自石出清宜冽，茶自峰生味更园。”不喝一杯行吗？

起身回杭州城时，已是满天繁星。茫茫夜色里，二十七路车载着我一家人的欢悦，沿着弯弯曲曲的盘山公路，从凤篁岭上飘忽而下……

游冷泉亭

“东南山水，余杭郡为最。就郡言，灵隐寺为尤。由寺观，冷泉亭为甲。”这是白居易《冷泉亭记》里的话，如果你读了，是不是也想去看看呢！

前年去杭州，终于有了圆梦的机会。一个夏天的上午，我和老伴在西湖一公园乘 7 路车，过北山路、岳王庙，再向西行十来分钟就到灵隐。佛教十大名刹之一的灵隐寺就建在灵隐山南麓。寺依山起，殿宇辉煌，气象雄伟，烧香拜佛者络绎不绝。出寺南门，十多米外的对面就是拔地而起壁如刀削的飞来峰。夹在灵隐寺和飞来峰之间的是一条不宽的东西走向的行道和一条由西向东蜿蜒的溪流，这溪流就是冷泉。冷泉流经灵隐寺南门前的地方有一道小堤坝挡了一下，形成了一个长方形的水潭。玉渊澄碧，游鱼如在镜中。立在水潭岸边灵隐寺一侧的亭子就是冷泉亭。亭不大，不甚华美，也看不出沧桑岁月的印痕，疑是后人重建。

冷泉亭妙在选址极佳：“撮奇得要，地搜胜概，物无遁形”。年老体弱者多坐在亭上看水观山。我和老伴也选了个位子坐下来，任凉风披拂，听燕唱莺歌，身在画中，目随物游。仿佛我们一下子变成了山水盆景中的小泥人，快愉不能言传。《梁溪漫志》载，苏东坡镇杭州时常来冷泉亭处理公务，“据案剖决，落笔如风雨，分争辩讼谈笑而办”。白傅留诗，苏公判牍，至今传为美谈。冷泉亭向南正对着的是凿在山崖上的飞来峰三个朱红大字，本是一座真真切切的美丽的山峰，被神话传说弄得神神秘秘。相传东晋时印度高僧慧理来杭州，看到这座挺拔的奇峰时说：“此乃天竺国灵鹫山之小岭，不知何以飞来。”从此这山就叫飞来峰，一名灵鹫峰。对这个传说南宋爱国词人辛稼轩还是不赞同的，他说：“谁信天峰飞堕地，傍湖千丈开青壁。是当年，玉斧削方壶，无人识。”飞来峰石色青紫，石质松脆，很适宜雕凿。一千多年前，能工巧匠们在崖面上开凿了一百多佛龛，雕成几百尊佛像。大大小小，千姿百态，栩栩如生。最醒目最吸引人的是斜对着冷泉亭的大佛，一手拿着布袋，一手数着佛珠，腆着个大肚皮，笑哈哈如迎四方来客。大画家潘天寿《飞来峰》诗：“谁为斧凿山骨窍，窍中尊者飞眉笑。”别无他指，说的就是弥勒佛。

遍布山崖的佛像，拂云参天的古树，矗立峰巅的佛塔，檐牙高啄的亭榭；还有怪石、磴道、香花、瑞草，和谐地组成了佛家色彩极浓的巨幅画卷。天人共造，美不胜收。适逢雨霁天晴，阳光明媚，万物在目。山风吹来，绿云有声。峰峦朗润而有神，景物鲜活而多趣。细细品赏，让人惊叹不已。一边看山，一边回答老伴带有童趣的问话，更有温馨在心头。

往下看，冷泉“潺缓洁澈，粹冷柔滑”，寒色如凝，凉气透人心脾。冷泉贵在一个“冷”字，或因在山而冷，或因山遮林翳，日光不到而冷。如一泓寒玉，生四季清凉。盛暑炎夏也是泉若秋露，风来泠泠。宋词人潘阆说：“冷泉亭上旧曾游，三伏似清秋”，毫不夸张。白居易说：“眼耳之尘，心舌之垢，不待盥洗，见辄除去”，也不是妄言。粼粼波光，徐徐清风，谁人不起好心情！心情好了，耳目小疾自然会去。苏东坡所谓“清凉洗烦煎”，同一理也。至于“水与阶平”之景，已不复存在，现在的冷泉亭高出水面大概在一米五左右。也不能“濯足于床下”了，而“垂钓于枕上”之乐也成了一句古话。泉水虽然少了许多，但还是十分诱人。光线亮处，白中泛绿；光线暗处，碧凝如翡翠。时有跃鲤游鳞助兴，泉边戏水的游客常常发出开心的笑声。

游冷泉亭不能不寻觅欣赏那些脍炙人口的佳对妙联。冷泉亭因白居易一记而大名鼎鼎，题联者颇多。这其中影响最大的还要数董其昌的题联。白居易离开杭州八百年左右，明代大书法家董其昌为冷泉亭题得一联：“泉自几时冷起，峰从何处飞来。”以问作对，构思奇巧。问天问地问世人，引来不少文人雅士吟联作答，留下一段段佳话。最有名的当数清末大儒俞曲园一家的故事。俞曲园在《春在堂随笔》卷一中记述了这件事。为免讹舛，兹抄录原文如下：

灵隐冷泉亭，旧悬一联云：“泉自几时冷起，峰从何处飞来。”乱后失去，寺僧属吴平斋观察补书之。戊辰九月，余与内子往游，小坐亭上，因读此联。内子谓吾语甚俊，请作答语。余即云：“泉自有时冷起，峰从无处飞来。”内子云：“不如竟道‘泉自冷时冷起，峰从飞处飞来。’”相与大笑。越数日，次女绣孙来湖楼，余语及之，并命亦作答语。女思之久，笑曰：“泉自禹时冷起，峰从项处飞来。”余惊问：“项字何指？”女曰：“不是项羽将此山拔起，安得飞来？”余大笑，方啜茗，不禁襟袖淋漓也。

俞曲园还在《春在堂随笔》卷六记录了左、金两人的答联。左宗棠的答联是：“在山本清，泉自源头冷起；入世皆幻，峰从天外飞来。”金眉生的答联是：“泉水淡无心，冷暖唯主人翁自觉；峰峦青不了，去来非佛弟子能言。”

除此，还有弘历、升泰、赵铁山等人的答联，也很精妙。虽然题联真迹大都看不到了，但能感觉到隐隐存在的浓浓的文化氛围。

山峙锦屏，泉泻清冽，翠谷幽涧，古殿飞阁；白傅留诗，苏公判牍，玄宰题联，名士吟答。如诗如画的自然风光，千年百载的风雅佳话。冷泉亭确是一个勾留人心的地方，称天下绝景，实不为过。

下午四点多，骄阳渐渐退去。与老伴挽手绕冷泉行数百步，后望飞来峰缓缓而登。

心中的老房子

祖上留下的四合院叫楼院。其实从来没有楼房，大概是寄托着一种美好的愿望吧！楼院的四面平房都起脊瓦兽，院大门、月洞门也稍讲究一点，在我们那个穷山村里也是算得上数的好院落。

楼院的北主房是三开间的厅房。一米多高的房基台子，六尺多宽的竖着四根明柱的檐廊，雕花的四栏门窗。屋里的桌椅献器经常擦拭得很干净，摆放得很整齐。在我的记忆中，厅房正面的墙上挂满了名人字画：有刘兆瀛写的中堂，黄正勤等人写的对联。有一副红洒金的对联是天水名家刘香甫先生写给我祖父的："澄澜似海朗抱若月；和神当春清节为秋。"上有题款。厅房东边的一间用木板隔出来，是来了尊贵客人住的。炕墙上也挂着刘香甫先生写的四条屏，内容已不记得了。厅房西边的山墙上开了门，里面连了一大间厢房。厢房是祖父祖母的卧室兼书房，墙上挂着书法四条屏和人物山水四条屏，全是名家手笔。书桌上除了一叠一叠的古旧书籍外，还有插满毛笔的笔筒，八寸大的石砚和大大小小方方圆圆的铜墨盒。

祖父是清末秀才，号嵩狱，人称嵩狱先生。长于书法，善作对联，教过十多年书，后改行从医，是望重一方的读书人。祖父对医道很钻研，尤其对张仲景的《伤寒论》用功最多，颇有所得，故以治伤寒病有名。

我记事时祖父已年近古稀，闲居在家。穿着朴素整洁，既有读书人的儒雅，又有农民的纯朴。每天起得很早，收拾完了书桌，就用大扫笆把院子扫得干干净净。很少说话，不愿结交无聊的人，没事就一个人静静地坐着。不再下地了，农忙时就到麦场上帮忙。

祖父很爱我，给我取名宏辅是寄托了厚望的。他的书允许我翻，他的大笔我可以拿来装模作样地写。村子里来了货郎，我准能从祖父那里拿到买糖吃的钱。我家的麦场上有棵枝繁叶茂的大杏树，斜着身子长在高高的土墩上。收麦上场的时候杏子也就熟了，黄橙橙的，看一眼都流口水。祖父坚决不让我上树摘杏子，就在树下铺了厚厚一层麦秆，为的是熟透的杏子掉下来不被摔破。清晨，祖父总是把掉在麦秆上的最好的杏子捡起来，用大大的大黄叶子包好，放在小药圃旁的几株竹子底下。因为那儿阴凉，太阳晒不着。我睡醒了，就到麦场上去吃祖父给我藏好的又大又甜的杏子。

祖父有时也很严厉，不允许在院子里嚷嚷。但我在厅房的檐廊上走来走去大声读课文，祖父看着听着就欣慰地笑笑。我在书桌上写写画画，祖父走过来看了也是欣慰地笑笑。

我上小学三年级了，记得一个闷热的夏天，厢房开着窗户，祖父一个人坐在椅子上。我进屋先是找好吃的东西，再就是翻书看字画。我突然指着字画问“宋韩持国”是什么意思，祖父用欣喜的目光看着我，欣慰地笑了。但并没有回答我的问题，只是说“长大了就懂了”。说完拉开书桌抽屉，取出了一本《七言千家诗》给我。那时我读不懂，只有一点朦朦胧胧的感知，但很爱读。不认识的字就问祖父，祖父总是乐意教我。在学校里，我常把从祖父那里听来的小故事讲给同学听。我有一个好祖父，同学都很羡慕。

一九五五年的深秋，当冷风刮过山梁的时候，黄叶飘零、万木萧森，满目一片肃杀的荒凉景象。那是一个阴沉的早上，祖父突然病倒了。我感到很奇怪，到厢房去看。祖父躺着，那么慈祥，看见我了，祖父吃力地似有痛苦地微微一笑。祖母和我父亲伺候在旁边，我摸了摸祖父的手，怅怅地上学去了。仅仅三天，祖父去世了。我伤心极了，一连哭了几天……祖父的丧事很隆重，吊丧的人特别多，挽幛上写着“典范长存”四个大字。送葬那天，我爬在祖父的新坟上哭着不离开，是恒新大哥把我抱出坟地的。

五十几年过去了，我还清楚地记着一件奇怪的事。祖父去世的前几天，村西头一家五岁的小男孩掉在场崖下了，伤得很重。村里乡里的医生都去看了，说救不活了。放学回家路过，我也跑去看了，一位穿着破旧的妈妈抱着满脸是血的无救的孩子哭得死去活来。那天晚上我做了一个不好的梦……

办完祖父的丧事，我把梦告诉了父亲，父亲也感到很奇怪，长叹了一声，眼泪哗哗地流下来。所幸，掉在场崖下的伤得很重的男孩奇迹般地活过来了。

祖父去世后，我再走进厢房，觉得是那么冷清。满屋子的字画丢了魂似的没了神韵。以后几年，看见杏子熟了我就掉眼泪。再往后，那棵大杏树被生产队连根挖掉了。从此，人世上也就没有了那又大又甜让人思念的杏子。

祖母很贤惠，很勤快，虽不识字还记了好些药方。或帮祖父炮制药材，或帮我母亲干家务活，从不发脾气。一九六〇年，祖母患肝硬化卧病在床，我母亲很孝顺，伺候很周到。一九六一年秋天祖母去世了。那时我在天水师范上学，说也奇怪，祖母去世的那天晚上，我梦见厅房前的一棵很高很直的松树折断了！

祖母去世后不久，楼院的厅房倒塌了。

最近十年来，楼院发生了很大变化，北房重建了，东房南房都换新了，但在我的脑海里，常常浮现出楼院的旧日模样：高大的镶着雕花四栏门窗的厅房，西边连着的是祖父祖母住过的散发着浓浓书香的厢房……

游居庸关

一个深秋的午后。

顺着八达岭高速公路向北，四十多分钟就到了居庸关。前几年我也来过一次，那是游八达岭路过。居庸关的雄奇给我留下了很深的印象，这次来游也是了却一个心愿。

居庸关在军都山中，因此也称军都关。北朝齐称纳款关，唐称蓟门关，居庸关夹在壁如刀削的东西两山之间，地势十分险要，有“天下第一雄关”的美誉。居庸关有南北两关，相距大约一里，中间称关内。居庸关长城就是从南北两关的东西向两山延伸修筑的，如果把南北两关比作两只雄鹰的话，那挂在东西两山绝壁上的长城就是雄鹰起飞时上翘的硕长的翅膀了。

听导游的建议，我们从北关出发向东山长城攀爬。才是下午三点半，太阳早早地躲在了西山后面。西山也灰蒙蒙的，没有光彩。可是东山就不一样了，快到山巅的高处，明媚灿烂，夕阳的余晖把金秋绘出的挂在山崖间的绝妙的巨幅风景长卷照得鲜明夺目。如彩云出岫，五光徘徊，十色陆离，绚丽多姿。

“江山留圣迹，我辈复登临。”望景情生，游兴勃然。我不要儿子扶，老伴也不要媳妇搀，小孙儿前边带路，我们登攀了。长城紧贴着悬崖峭壁直立着，虽有台阶可登，亦十分艰难。我双手抓住钢管扶手，拼命往上拉，上三四个台阶就得停下喘大气。每到一个烽火台就稍事休息，看山观景。当我看到自己是站在百丈悬崖上时也心惊胆战。虽说登途艰险，但游人还是上上下下络绎不绝。

大约四十多分钟我们也进入了画卷之中，真切地看到了醉人的秋叶。那些叫不上名的草木，一大片一大片的红就像绽放的杜鹃，一大片一大片的黄就像傲霜的九月菊，那连片的绿是不知秋杀为何物的松柏。还有橙、紫、蓝等多种颜色簇拥在一起的，每片叶子都像一朵开放的鲜花。偶尔看到崖边单独摇曳的一枝红叶，俏丽、姿媚，更让人喜爱。啊！这明明是山花烂漫，该用姹紫嫣红来描写呢，还是用花团锦簇来形容呢，还是用十里锦绣来概括呢？我觉得这些词语都写不出画卷的美。“居庸叠翠”是燕京八景之一，叠翠是夏日之美，而居庸秋色的烂漫绝不亚于夏日的叠翠。

大约一个小时我们到了山顶，确有“登临出世界”之感。再回过头来看，西边的太阳还有一丈多高呢！放眼长城内外，层峦叠嶂，莽莽无际，雄浑壮丽，气象万千。或峰巅映日，或涧壑流云，或青松滴翠，或烘林如火。处处如诗如画，浩气磅礴。手抚摸着长城，一种民族自豪感油然而生。

正当我们骋目览胜时，一些人从另一条道上来了，一问才知道他们是从南关东长城爬上来的。这时我才明白：原来南关北关的东西长城分别在东山西山顶上相接，形成一个环形。这种设计更利于守关将士的相互支援。

晚上，我们就住在关内的“居庸关长城古客栈”。说古是因为客栈内的建筑全是古典式的。一律的木结构平房，飞檐斗拱，画栋雕梁。还有小小的庭院，折来折去的回廊。可卧室里头全是现代化的，住进去当然舒服。因为是旅游淡季，客人很少，晚上十分清静。仿佛从白天的喧嚣一下子来到了另一个世界。“正秋高景静，雾扫云收，风露里，惟有月华高照。”群山环抱，秋色如梦。雄关之内，古栈之中，月光如银，庭前如水，微风撩衣，溪鸣在耳。如果说攀爬长城是一种壮美的享受，考验的是意志和体能，那么月下信步就多了一点闲情，享受的是恬适和空寂。虽然山高林深，但鸟并不多。稀稀疏疏的高一声低一声，远一声近一声的悦耳舒心毫无一点尘俗气的鸣叫，缓慢轻松的节奏，更增添了深山秋夜的宁静。

第二天早上我们走出客栈时已经是九点多了，红日高照，万里无云。灿若云锦的西山就是一幅浓墨重彩的大写意风景画，攀爬长城的人在画中晃动，拥拥挤挤，好不热闹。西山多美啊！我激动地对孩子们说：“下次游居庸关一定要上午来！”

我的一点体会

——在学校教学经验交流会上的发言

同志们：在今天的教学研讨会上，我就教学、教师工作谈点自己的体会。

先说教学。教学就是上课（包括实验、实习等），是教师的主要工作，衡量教师的能力、水平，主要看教学。怎样才能给学生上好课呢？我的认识是：目的一定要明确，就像人走路一样，要知道到哪里去，怎么走，干什么。要解决这个问题，就必须学习教学大纲。教学大纲是指导教师教课的纲领，它明确规定了该课的教学目的、教学任务、基本要求，还有教材编排的说明，使用教材应注意的问题等。只有学习大纲，才能做到心中有数。其次，要学习教材。教师接到教材之后，必须认真学习，至少是通读。它的好处一是加深对大纲的理解；二是做到心中有全局。举个例子来说，你通读了教材，就等于站在水塔顶上看了校园。如果把校园的一个部分比作教材的一个章节的话，这一看各“章节”在整体中的位置就清清楚楚了，制定教学计划时，孰轻孰重自然明白；三是了解教材的特点。教材是在教学大纲的指导下编写的，但由于编者认识上的差异，个人爱好的不同，不同的编者编出的教材各有各的特点，掌握了教材的特点，讲授时才能把教材的优势发挥出来。

如果说学习大纲、通读教材是从宏观上把握问题，备课则是解决具体问题了。备课首先要备教材。备教材是备课中最重要的一环。教师对教材吃透了，才有了上好一节课的“本钱”。否则，上好课就无从说起。所以教师必须认真学习、反复钻研教材，加深理解。可以翻阅有关资料，借鉴别人的成功经验；也可以几个人在一起讨论，共同攻关。对教材理解透彻了，重点、难点就容易找准，解决的办法也就有了。“本领者，将军也，心意者，副将也”，就是这个道理。一定要熟，艺高胆大嘛。就像泥人张弄泥巴一样，爱怎么捏就怎么捏，捏啥像啥，妙在一个“熟”字。再就是备学生。备学生就是了解学生的接受能力，以及在这方面的原有知识、学习兴趣等，以便因材施教。备好了教材，学生的情况也弄清楚了，这时就要考虑如何根据两者的情况，用最佳的方法讲好一节课，这就是备教法了。教法应考虑教材的安排，解决重点、难点问题的方法以及如何调动学生的积极性等方面的问题。新课教师宜多讲，复习课就应考虑增加学生的活动。讲宜精讲，重点必须反复强调。不管用何种方法，有一条原则是必须遵循的，这就是启发式。古人云：“兵无常势，水无常形，运用之妙，存乎一心。”任何方法都不是死的，关键是活。苏东坡说“书无定法”，我这里套用一下——“教无定法”。但“无定法”不等于“无法”。

备课最后一个环节就是写教案。教案是讲授一节课的实施方案，要把你备教材、备学生、备教法的良苦用心在教案上体现出来。教案是一种设计、是教学设想的具体化。教案的内容大致包括以下几个方面：一是教学目的，可以是一条也可以是几条，检查教学质量的好坏，是否达到教学目的是一个极重要的方面；二是教材分析，这部分大体写本章节的重点、难点及解决的方法等；三是教学过程，包括复习提问，讲授新课（内容、方法），复习巩固、布置作业。这部分内容最多，顺序安排上要体现出逻辑性，内容安排上要突出重点，通篇要能看出教者的策划与教法运用。

板书设计是教案的一部分，但觉得有另提一下的必要，因为有些教师在这方面不太注意。板书设计第一要求教师书写规范，工整美观，体现出直观性来。第二要求合情合理，既要概括、凝练、突出重点，又要脉络清楚，给人以启迪。没有好的板书的课不是一节完美的课。

接下来就是上课了。备课是制定方案，上课是实施，两者是紧密关联的。教师上讲台时要充满自信，精神抖擞。教师精神了，才能提起学生的精神，如果教师的情绪不好，既影响自己讲课，又影响学生听课。所以有经验的教师进教室前尽量调整自己的心理。教师站在讲台上最好停几秒种，用目光与学生交流感情、沟通心理，把学生的思想吸引到课堂上来。讲课前的复习提问是一个极重要的环节，是提高教学质量的有效途径。课堂上问什么教案上已经写好了。不外乎上节课讲述的重点或与本节课关系密切的问题。应注意的是通过复习提问要把学生的情绪鼓舞起来，激发学生的求知欲。学生问题答对了要鼓励，答错了也不能挫伤学生的积极性。由复习提问转入新课时，导语一定要设计好，课前要有准备，但又要灵活变化，好的导语是连接新旧课的桥梁。

讲授新课大约要占用一节课的 70%—80% 的时间，能不能完成教学任务，达到教学目的，关键在此。讲授新课应注意以下几个问题：一、必须紧扣教材，突出重点，贯彻由浅入深和由易到难的原则。要把握详略，注意节奏，在“精讲”二字上下功夫。没有详略就没有重点，没有节奏就会死滞呆板。二、既要发挥教师的主导作用，又要调动学生的积极性。教学是师生双方的活动，不能唱独角戏，搞一言堂。教师要时时观察学生的情绪，注意课堂氛围，吸引学生的注意力，使教与学同步进行。三、要善于把新的科研成果引进课堂，这一点尤其适用于专业课教学。但切忌喧宾夺主，夸夸其谈。四、教师要注意语言。语言规范、讲述清楚是基本要求；生动形象、逻辑性强，具有启发性、富有感染力是每个教师应追求的目标。如果教师的语言连基本的要求都达不到，就很难讲好一节课。五、教师要有较强的时间观念。六、教师对课堂上出现的问题要因势利导，处理得当。七、如果教师要严格要求自己的话，大到一节课的设计，小到一个动作、一个眼神，都得注意。

新课讲完之后一定要让学生回味，然后做必要的总结。要画龙点睛，不要啰啰唆唆。最后是布置适当的作业。一节课上完了，细心的人还会有个课后总结，不管是成功的经验，还是失败的教训，都应记下来。一个教师经常这样做，怎么会不进步呢?

总之，备课也好，上课也罢，其中的奥秘说穿了，只有“认真”两个字，熟能生巧，法从中来嘛。

我要说的第二个问题是对教师工作的认识。教师的工作是光荣的，是社会发展、经济建设中不可缺少的，尤其在科教兴国的今天更显其重要。但教师这种职业又是奉献的职业。谁选择了教师，就选择了奉献，应当无怨无悔。要做一名比较好的教师，首先要热爱党的教育事业，热爱自己的工作，要认认真真地去做，这是第一性的。热爱是一种思想，也是一种力量。热爱能使你找到解决问题的方法，热爱能给你战胜困难的勇气和力量。热爱了，就会为之付出，所以也就会有收获。古今中外凡事业有成就者，没有不热爱他的职业的。干教师这一行认认真真去做，就可以发现其中的奥秘，找到其中的乐趣，就会增强自信，提高能力。天下无难事，只怕有心人，我们就要做有心于教师工作的人。

其次，要养成读书学习的好习惯。教师是给学生传授知识的人，所以对所教课程要有比较深入的了解，要有比较丰富的专业知识。教师的专业知识越丰富，对教材的理解越深刻，讲授就会越得法，就能创新。同样是一曲乐谱，为什么音乐指挥家棒下的演奏就精彩呢？就因为音乐指挥家对乐谱理解深刻的缘故。江河湖海能载艨艟巨舰，以其深也；淙淙溪流，不浮一叶之扁舟，以其浅也。教师要提高自己的专业水平，非读书不可。读书既要讲深又要讲广。深就是对自己的专业要深钻，要研究；广就是广泛涉猎，扩大知识面。我建议同志们在学习专业的同时看一些文学方面的东西，因为它能帮助我们提高语言表达能力。一个低学历的人好读书、勤学习，十年八年他就会在某个方面达到较高学历的水平。一个高学历的人，不读书、不学习，时长日久，原来学的东西会忘了。俗话不是说“三年荒一个秀才”吗！知识是实实在在的东西，学知识更应实实在在。教师又是聪明人，聪明表现在他对教材的一种职业性的敏锐反应和洞察能力上，能看到深层次的东西。这种聪明也来自学习。

我再说一点，不管教什么课的教师都有一个教育学生、做学生思想工作的问题。只教书不教人，也不是一个称职的教师。教育学生要动真情、说真话，要有一片爱心。举个例子：有些同学在作文中说他原来准备上高中、考大学，由于某些原因，现在上中专，心里不平衡，学习没劲。这个问题实际上是个上中专有没有前途的问题，也是一个现实中既存在又不可回避的问题。针对这种情况，我就给学生讲我的亲身体会。我说一个人上什么学校，并不决定这个人的前途命运，关键在自己的努力，你可以报自考、函授，成才之门为你敞开，就看你是否有志气。没志气的人上了大学未必能成才，有志气的人不上大学也可以有所作为。通过引导，鼓舞了学生的学习积极性。其实对学生的思想教育随时随处都可以做。做一名好的教师还应有良好的师德，勤勤恳恳的敬业精神等，这里不再赘述。以上是我对教学及教师工作的粗浅认识，不妥之处，请大家批评指正。

同志们，我觉得天水农校振兴之时到了。校长在职工大会上讲要在学校里形成尊师重教的好风气，要提高教师的地位。这是对我们的鼓舞，更是对我们的鞭策。我们要团结起来，精神愉快地投入到教学工作中去，钻研教材，探讨教法，提高教学水平，开创我校教学工作新局面。英雄用武，此其时也，此其地也！

谢谢同志们。

一九九九年十二月八日

诗写小景

咏垂柳（二首）

天水农校前院有垂柳，经四十年风雨，现已高过十丈，粗过三围。翠盖遮天，垂荫覆地。春夏时节常有好鸟飞来，歌舞高枝，筑巢密叶。伏天酷暑，更是抖绿摇碧，引清风而送清凉。人人喜爱。垂柳实为校园一景，可赏可咏。

一

不跪冰霜不怕硗，
根扎九地耐阳骄。
高枝已作拂云绿，
岁吐新芽向九霄。

二

桃李春荣柳也娇，
莺来绿乱画眉嘹。

不歆金晃银红艳，[1]
因爱清风舞翠绦。

① 不歆即不羡慕。金晃、银红皆牡丹中名品。垂柳长在牡丹园中。

龟蛇峡

清水县白沙镇西有龟蛇二山，隔白沙河屹然对峙。隘口最窄处不足十米，望之若门。

龟蛇对峙势雄哉，
望若龙门此处开。[1]
峭壁千寻云外立，
清流一道乱山来。

① 龙门有好几处。本文所引指河南洛阳市南的伊阙，“昔大禹治水，山陵当路者毁之，故凿龙门，辟伊阙”。

登八达岭长城

甲申秋，与老伴随小儿游八达岭长城，上好汉坡，登东四烽火台楼。万里昊天，清空如拭。层峦叠嶂，莽莽无际。枫红松翠，灿烂如织锦。长城横空而卧，长城上一条游人组成的巨龙追逐着无尽的长城的起伏蜿蜒，在群峰顶上腾飞。

长城锁燕行，
千载傲穹苍。
攀越雄关险，
登临浩气昂。
胸罗叠嶂矮，
目锐雁天长。
烂漫金秋醉，
天人庆世昌。

乙酉二月二十一日携老伴登西湖雷峰塔

久有登攀意，
相将入画屏。
云轻山卧絮，
风静水飘绫。
柳绽三堤笑，
钟鸣四野宁。
雷锋无限景，
塔映晚霞明。

乙酉年正月游西湖过断桥有作

拥拥挤挤过名桥，
细柳温风飞燕娇。
天朗湖平波酒绿，
春明梅俏岭云薄。
轻舟小棹随心渡，
瀛岛蓬莱任我瞧。[1]
翠压六桥谁不往？[2]
听莺笑卧数桃苞。

---

① 瀛岛指小瀛洲。蓬莱指孤山，白居易写孤山的诗里有“蓬莱宫在水中央”句。

② 六桥指苏堤。

游小华山

清水城西十五里有小华山，矗立在小泉峡北口牛头河东南岸。危峰岧峣，崖壁如切。上有高标入云，下临飞湍激流。山高处有庙，祀庞公，登道险峻崎岖。山下产庞公石，质地细腻如玉，色绿如翡翠，可供观赏。

小华山因险追西岳而得名，为清水名山，游者不断。

秋染华山风物佳，
危峰挺挺嶝崎狭。
牛河绿浸山前玉，
霜叶红铺岭上霞。
殿隐云中云隐寺，
人攀壁崿壁磕頞。
千寻风作人森竖，
疑似登巅日月崖。[①]

---

① 日月崖：指西岳华山著名景点日月岩。

忆义门寺

清水县郭川村西二里有义门寺。何年所建已无可稽考。但明万历年间重建确有志记载。寺内六殿，佛道兼容。塑像生动，描绘亦佳。庭植两槐四柏，怒根出土，耸干参天。可惜这一切毁于一旦。

古寺高高引路之，[①] 虬槐老柏刺天枝。
仙居宏琏云间耸，[②] 金像姿赟兽上慈。
朝有祥光熹色早，僧鸣钟磬太白迟。[③]
祈得龙探山门外，[④] 盛会腾欢二月时。

① 引路指登上山门的台阶。

② 仙居宏琏指殿宇宏大美丽。

③ 太白指金星，也就是启明星。

④ 龙探山门：有一槐树股枝很长很长，一直伸到山门顶上，状如龙头，人们说这叫龙探山门。如果龙头伸出山门外，这一年就风调雨顺，五谷丰登。

某年寒冬清水温泉浴后得句

清水县城东二十里有汤池峡。峡极窄，蜿蜒回曲。本是湛清的溪流已在凛冽寒风中变成了冰龙。两山峰峙峦叠，云树苍翠。偶尔看到一树如花的霜叶点缀其中，山色就越发变得鲜活迷人了。

入峡二三里便是温泉（汤池）。景致幽雅秀美，让人眼前一亮，脚步轻盈。清水温泉已辟为旅游度假村，陇上有名。

何来热液涌嶙峋，
不信寒邪笑迓春。
洗我铅华清我脑，
为留清雅驻乾坤。

游无名峡

无名峡位于清水县白沙乡太石村对面，传说蜀汉名将姜维曾在峡内驻兵；又传说崖壁上有明时石刻，故游之。同游者田某、崔某、蒲某。

曲曲涧壑水泠泠，
石大如屋四客惊。
叠嶂崚嶒云淡淡，
樵歌袅绕木菁菁。
云崖望遍痴情眼，
蜀寨隐出穿雾晴。
落照无心催我返，
香风一路鸟嘤嘤。

游湖感赋

（用白居易《春游西湖》原韵）

巧扮西湖细绘图，
南山北岭路翻铺。
载梧植柳添荫绿，
荡底清污灿翠珠。
十景新开增气象，[①]
千塘荷放刈菰蒲。
绫波绿岫逍遥地，
湖是诗情画是湖。

① 西湖原有“平湖秋月、断桥残雪”等十景，近年又添了“虎跑梦泉、吴山天风”等十景。

云海

癸未二月十一日夜，天降小雨雪。十二日晨，雨霁天晴，余爬山上北峰，忽见武都城周云蒸雾腾，群山湮没在云海里，十分壮观。

一宵雨雪绁，[①]
飘渺看烟云。
雾涌吞山浪，
瀛掀没岛沄。[②]
见峰皆似弹，
映日顶辉昀。
俄顷氤氲散，
花明草木春。

① 绁，停止。

② 瀛本指大海，此处指云海。沄指大波浪。

春游鸟巢

旷世钢巢映五环，
健儿十万比谁先。
腾欢已去留杰构，
妇孺游春放纸鸢。

观白龙江感赋

白龙江从陇南群山中冲出，东入嘉陵，后入长江。我第一次站在白龙江边感到一种震撼。山峦如屏，群峰似障，虽百拦千阻，江水仍不舍昼夜，滚滚向前，所贵者志也。

群山不透风，
密密又层层。
岂料一江水，
能穿万座峰。
岷峩朝作浪，
江左夜闻声。
归海勃勃志，
奔腾不问程。

游黄花城水长城（二首）

北京城北六十多公里的黄花城水长城，是个古今合璧的景点。峡谷两边群峰插云，长城在峰巅上随势起伏驰骋。有时直奔万丈深涧，有时攀岩上冲九霄。险峭陡峻，叹为观止。

今人在两山峡谷中拦河筑坝，造成“高峡出平湖”的景观。水面呈牛角形，宽处百多米，长约一公里，水深近四十米。水上有游艇、木舟。

一

飞车入险峡，
破雾向黄花。
百转追蛇径，
千迴过巇崖。
风来峰漾碧，
日照岭披霞。
问道瓜田妇，
云中有酒家。

二

长城此处娇，
飞压乱峰岩。
缘壁奔深涧，
攀岩上紫霄。
湖高城遁影，[①]
云淡垛出峤。
仰望增豪气，
同登三五邀。

① 长城低端刚好接水面，水面以下无延伸。

读《苏东坡传》有作

坡仙旷古大奇才，
社稷栋梁天降来。
振翅孤鹘思治世，
弄舌鹌雀釀殃灾。
乌台九死阎君弃，
恶梦一觉心路开。
领袖文坛齐李杜，
南荒身死地天哀。

游杭州苏东坡纪念馆见《寒食帖》有作

寒食一卷气回肠。
诗意书情映益彰。
莫怨空庖湿苇苦，[1]
黄州词赋世传长。[2]

① 《寒食词》有“空庖煮寒菜，破灶烧湿苇。”句。
② 黄州词赋指《赤壁怀古》词和前后《赤壁赋》。

游西湖过苏堤作（二首）

一

烟波渺渺际城郭，
一卧长堤南北活。
千载葑泥游客过，
开湖功业后人说。

二

春晓苏堤占景先，
暖波拍岸趣悠然。
桃唇柳黛描西子，
此境何人不笑颜。

乙酉二月二十六日雨后游西湖

春风带雨夜愔愔，
晓看天容水色新。
柳翠桃红谁点染，
引得莺燕舞湖滨。

过年[①]

大年飞雪兆隆昌，
焰火红灯夜色煌。
天转乾坤来紫气，
春随人意顾寒窗。
龙文振翅鹏千里，
骥子驰足骒万岗。
薄酒频斟团聚夜，
东风明日起新航。

---

① 1993 年两爱子同时考上大学。1994 年春节两爱子回家过年，团聚除夕，心喜而作。

游武都北山农家乐

乙酉秋，与老伴随大儿子一家游武都北山农家乐，偶然吟成。

石径到山家，
小楼依山崖。
福门向东开，
院绕山长狭。
花间茶几净，
柳边日影斜。
主男并主妇，
四十有七八。
客至敬如宾，
招待有饭茶。
屋后山无顶，
漫坡米黄花。
庭前壁如削，

森森百丈崖。
凭栏望远岭，
凤凰欲飞来。[①]
群峰锁白龙，[②]
涛劈巨峡开。
俄顷云铺地，
飘渺如蓬莱。
俯视皆不见，
疑有仙人来。
平生不解酒，
小酌已失态。
欲归不识路，
焉有烦恼在。
挥手送夕阳，
为我笑颜开。
天边红云朵，
如花不是裁。

① 凤凰指凤凰山，在白龙江南。
② 白龙指白龙江。

四十三岁生日作

一九八六年农历十月二十二日是我四十三岁生日。十月二十日从清水回郭川老家看望身患重病的老母。二十一日天降暴雪，十分寒冷，学校来电话说我儿患急性肾炎，高烧不退。二十二日风狂雪猛，洒泪拜别病榻上的娘亲，行二十里到水清，风雪中站了一天没搭上车，无奈夜宿水清。二十三日，霰雪无垠，雪水中行二十里到金集，还是没搭上车，夜宿金集。二十四日雪停，行十里到北道，下午四时搭车回到清水。一百里路冰天雪地行三天，愁苦不堪言。

一电飞来五内焚，
含悲病榻拜慈尊。
风割泪眼天寒恶，
雪暗千山地冷昏。
车道冰封愁路客，
羊肠泥泞爬孤魂。

心牵两地迍邅恨，①
旅枕殷殷盼日暾。②

① 迍邅(zhūnzhān)，形容迟迟不进。此处是说一路不顺，一百里路行三日，太慢太慢，但又没办法。

② 殷殷，形容忧伤。暾(tūn)，刚出的太阳，盼日暾即盼望天晴。

春

星楼高耸与星连，[1]
西望香山脚下眠。
丽日京华春色好，
歌莺唱醉柳如烟。

① 此诗作于北京万科星园。小区内每幢楼房都以星宿名命名，故曰星楼。

六十二自寿

十月华阳寿我身，
一杯浊酒笑书生。
白头不解发财窍，
小老忽多缀句诚。
水爱清泠人贵骨，
山积细壤我持恒。
习得清逸神来笔，
好写梅花淡墨风。

迎春花

楼边柳色新，
着意探迎春。
藤染西墙绿，
花藏小巷深。

乘夜班车从武都绕陇西回天水

暮上岷山行，
刀割木寨风。
天明听渭水，
日照麦积红。

六十三岁生日作

二〇〇六年秋，和老伴从北京回清水，我不幸染上皮炎。面部、眼睛、手心手背又肿又疼，奇痒难忍。虽求医亦不得解。十月二十二日是我六十三岁生日，老伴回娘家看望年近九旬卧病不起的老母，我以患病之躯独居清水。这一天风紧雪寒，入夜更觉寂寞。想起远在杭州的苦命女儿和患病外孙泰华，不禁伤心落泪。

清清冷冷冷清清，雪恶风寒夜似疯。
痒甚胸捶呲嘴叫，疼来脚跺咬牙哼。
魂牵患病邹门后，心念瘫床老寿星。
虽有琼腴难下咽，[1] 愁愁怅怅对孤灯。

---

① 北宋诗人梅尧臣有“琼腴缓酌”句，琼腴指美酒。

游白沙青崖寺

重建青崖寺，
新松映殿堂。
依山得峻势，
带水润麻桑。

六十四岁生日

六十四岁生日在北京过，这是我人生第一次点蜡烛吃蛋糕，老伴给我做了长寿面，小儿子还买了瓶五粮液，很开心，以诗记之。

寿面长长肉酱香，
小儿燃蜡敬琼浆。
豁牙老伴心疼我，
拍手欢歌祝寿长。

武都南山

武都南山矗立在白龙江边，峭壁千仞，人传其主峰终年积雪不化。近年开发，山上植松柏，山脚种红桃。新修盘山公路，蜿蜒入云。山深处有千坝草原，是骑马的好地方。

巍巍莽莽望弥高，
云绕霞披映翠涛。
绿秀千峰消夏暑，
红发万树看春桃。
九曲山道飙车险，
千坝荒原骋马豪。
相伴登攀三万丈，
剪云泼墨赋风骚。

阳春三月游森林公园得句

天差苟某写韶光，[1]
绿抹红涂四野煌。
燕唱莺飞都惬意，
清河鸳鹭柳丝狂。

---

① 苟某指春天的神。

癸巳清明后二日去九华山下摘草莓得句

春明柳笑杏含苞，
万众出城车似潮。
摘采踏青何处好，
九华山下草莓娇。

秋游居庸关长城一首

群山布阵虎龙蟠，
浩浩长城挽嶂峦。
雁过云开天借道，
猿攀峰阻巘回鸾。
秋山烂漫盈诗画，
明月晶莹雄蓟关。
点将听琴浑入梦，[①]
烽楼追看上云端。[②]

---

① 居庸关外有穆桂英点将台。又有一处名弹琴峡，因水流声如琴鸣而得名。

② 烽楼指烽火台。

读大钧同学诗集凑成四句

满眼珠玑满纸情，
天成佳器古稀名。
诗庐竹影摇明月，
吟叟吾识处谷莺。[①]

① 处谷莺喻人未显达时。

清水歌

背靠着关山巍峨
聆听着渭水的古韵新歌
陇海线门前经过
春驻四季和

望不尽天蓝林茂牧场阔
谁不爱千支百派灌桑润麻牛头河
清泉四注美城郭
翠柳舞婆娑

金灿灿六月麦黄翻浪波
绿油油玉米拔节苗壮茁
甜死人的瓜呀香死人的果
山肴野蔌敬宾客

这里是清水，绿岫碧波

轩辕故里、丝绸古道
百业兴旺正蓬勃
为小康鼓劲，为小康祝福
美酒饮天河

山城堡歌

慢步登山城
巍巍肃我心
昂首薄云天
举目望无垠

默默春秋度
榛莽走狐兔
忽而一夜文星亮
书声琅琅出垣墙
从此黉门开
莘莘学子来
十中一中曾相递
古老山城焕新彩
山城古
留有原始村落土
山城新楼如林

万千桃李沐春风
登山城如登书山
登道陡峭壁上难
求学心盛立志远
铁杵磨针励诗仙
勤登攀莫畏难
难关自有勤者道
定能登顶一开颜

再游西湖一首

湖更明来水更蓝，
白发老我又十年。
人生不是钱江水，
无尽潮情伴越山。

观钱塘江二首

一

万顷波平万顷蓝，
谁言月圆捲狂澜。
分明明镜天宫落，
亮似西湖静是潭。

二

江颤雷惊镜破开，
皑城雪岭际天来。
千骑突阵奔狮吼，
十万韩兵战项垓。

联寄乡情

嵌入清水县乡镇名联

太平盛世
旺兴人家

秦亭松树三千载
柳林小泉五百春

月映小泉泉中月圆柳林上
日照新城城头日出陇东峤

出远门访秦亭古迹挺秀三千岁月
探红堡进土门山城峻拔五百春秋

北远门南土门二门相距山路十里
东草川西贾川两川同种杂粮五谷

义门寺山门外柳林有小泉泉流永清兆丰望
小华山松树下清水饮白驼驼过白沙奔草川

红堡走小泉陆路是峡水路是峡绕太平山道更远
郭川建新城东山修路西山修路图旺兴诸事不难

草川柳林新红堡
土门松树古秦亭

东有温泉西有小泉温泉自古流小泉温泉不涸小泉不满
北是王河南是林河王河从未入林河王河顺势林河顺山

选百家养白驼开创旺兴路子
拆土门建新城正是太平气象

嵌入清水特产、名胜联

天河春色银波星浪
庞公玉步道骨仙风

踏绿焚香三皇谷
拂云览胜万紫山

桃李争春永清堡
霜林布秋小华山

郭家川两小河东入渭西入渭
义门寺六古树槐参天柏参天

寺隐云中云隐寺
钟鸣天外天鸣钟

牛河奔流一路欢歌送游子
温泉喷涌满腔热情迎嘉宾

石悬洞中洞悬石（石洞山）
花开石上石开花（花石崖）

云台观观耸云台接瑞霭
泰山庙庙矗泰山生祥云

三台寺前林静如澄海林动涌碧涛涛鸣峡中翡翠作响
万紫山中花开似云霞花落成红雨雨洒峭崿胭脂无声

古洞悬石石悬洞古不计岁月
尖山叠翠翠叠山尖忘却春秋

牛河晨曲一腔清冽流渭水
轩湖夜韵万象天趣入画图

轩湖夜色满天星斗醉享人间乐舞
红崖晚照一山锦绣笑映天边彩霞

多联续一联

李家崖崖下滴水
山城堡堡前喷泉

滴水在左
喷口偏西

不计冬夏岩滴水
忘却春秋山喷泉

滴水难比喷泉是小景也
喷泉绝胜滴水负大名者

连成一联

李家崖崖下滴水滴水在左不计冬夏岩滴水滴水难比喷泉乃小景也

山城堡堡前喷泉喷口偏西忘却春秋山喷泉喷泉绝胜滴水负大名者

甜醅看戏怕遇蜜粽子[①]
五叶上席常会乌龙头

辣椒调凉粉遇红颜成知己
香椿拌豆腐爱白头永作双

木耳处世不横生枝节省去许多烦恼识者爱其出山进城装束干散不改本色

花椒立身本自有利器吓走那些不端知音遇之入市下厨调配麻辣甘献红颜

柳林大麻皮薄丝长线韧巧手缝东西齐赞极品纤维
郭川苹果色红味甜肉脆四时销南北都夸上乘花牛[②]

泰山庙庙下山泉夏清莹冬清莹春秋亦清莹山泉清风烟柳泰山庙下小景乎

---

① 甜醅、蜜粽子都是小吃，五叶、乌龙头都是野菜。天水唱庙会，戏场里常有卖甜醅、蜜粽子的。若遇到一起，爱吃蜜粽子的人多。

② 花牛是天水苹果大牌。

小华山山上古松风挺拔雨挺拔霜雪更挺拔古松巉岩奇峰小华山上大观也

小泉峡奔牛河头牛头山流牛河尾牛尾到牛头弯弯曲曲两日可达

云台观立白云端小华山生白云根云根去云端遥遥远远一眼就到

清泉烟柳泉映柳
古洞悬石洞抱石

万紫寻奇识瑶草
尖山种绿耕白云

温泉利世性除铅垢
庞玉有德人赏仙风

清泉有眼清泉掩
烟柳拂丝烟柳诗

清泉烟柳泉映柳绿成画景
古洞悬石洞疑石坠抱古今

清泉泉水泉泉清
烟柳柳堤柳柳烟

泰庙晨曦来东方瑞气
红崖晚照映西天祥光

板桥玲珑三间九檩经风雨犹见明代典雅[①]
彩饰华美四梁八柱伴岁月还是昔日风姿

菩提迎学子[②]
愚妄毁文明

东望麦积，西瞻卦台，八方祥瑞来义门，古寺重修，像设严焕，雄姿映山川。政清明乐，俊器辈出，人颂盛世。

北枕关山，南临渭水，五辰物华蕴宝地，琼田细耕，图绘金翠，陇亩献嘉禾。仓实银裕，乡邻安泰，日臻小康。[③]

---

① 郭川义门寺前有一座木板桥，名“菩提桥”，架设在三四丈深的壕沟上，走向东西，是郭川人烧香和上学的必经之路。板桥最迟应是明万历年间所建，结体玲珑，彩绘华美。可惜与义门寺同毁于一旦。

② 菩提指木板桥，详见前注。

③ 为义门寺新舞台作。

其他联

携老伴游南北江山画景醉我
驾东风归故里小楼春色喜人

满江红岳鹏举仰天长啸
赤壁赋苏东坡洗盏更酌

莲出清波人爱高洁
铜落污池我远臭恶

赏西湖襟怀似朗月
登长城豪情满雄关

映日无俗气
经霜长傲枝

春游断桥柳娇梅放
夏赏云栖翠滴泉寒

霜林醉处江山增色
寒梅放时冰雪有香

风清月朗西湖夜
麦黄瓜熟艳阳天

作者挽父母联并赋诗一首[①]

孝唯先诚唯先兴家立业勤劳唯先耕读传家德唯先品行端正范式乡里今有佳肴美酒弗能侍奉父母悔恨不已

敬为上贤为上抚儿育女爱怜为上持家理财俭为上心髓善良饮誉一方仰望天庭仙府怎不思念爹娘悲怆无穷

哭别严父泣娘瘥，[②]
每忆音容心似斫。
犁种春园浇汗雨，

① 我的父母是农民，孝顺，勤劳，品行端正，心髓善良。村里乡间，口碑甚佳。
② 瘥（cuó）：染病。

镰收秋亩瘦罗锅。[1]
槌敲冷月还飞雪，[2]
车纺寒星更满箩。
儿冷流娘灯下泪，
肠饥分我碗中多。
苦尽甘来亲却去，
苍天怎解此跌蹉。[3]

---

① 罗锅，弯腰曲背的样子。

② 寒冷的冬天，勤劳的父亲还是不歇着，常常在庭院的雪地里扫出一片空地，摊上一窝沤好的亚麻杆打，为的是敲碎、去掉木质部分，理出亚麻纤维捻线。有时打着打着雪花又飘起来了，还是不停下来。每当父亲在冰冷的月光下打麻时，母亲就在廊檐下支起纺车呜呜地纺起来，给父亲作伴。一晚上要纺去满满一箩捻子。槌就是打麻用的木头棒子。

③ 跌蹉即蹉跌，比喻失误。这句话的意思是：让我父母早早仙去，老天爷怎么解释这个错误呢！

书法品鉴

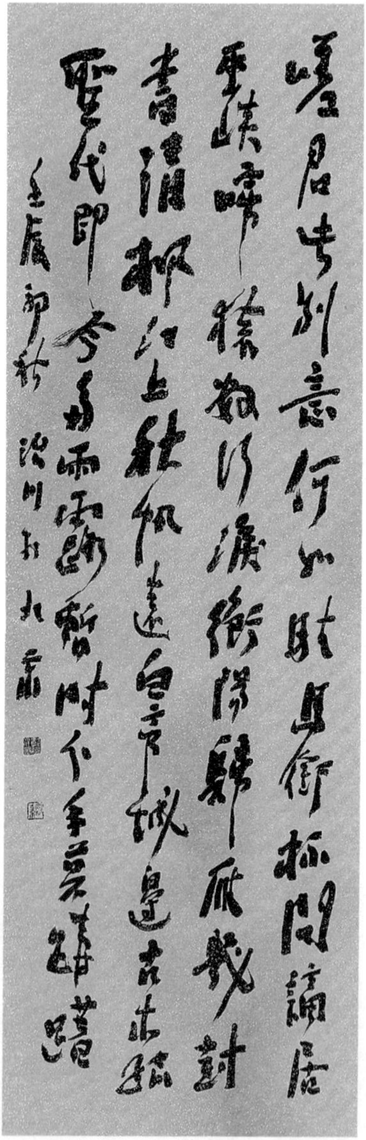

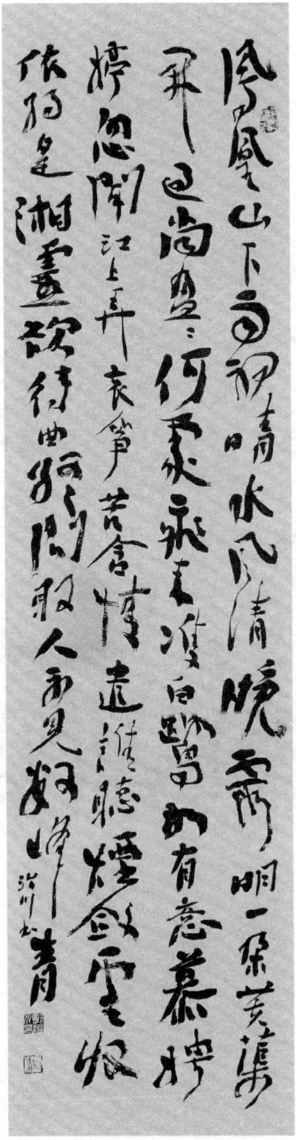
凤凰山下雨初晴水风清晚霞明一朵芙蕖
开过尚盈盈何处飞来双白鹭如有意慕娉
婷忽闻江上弄哀筝苦含情遣谁听烟敛云收
依约是湘灵欲待曲终寻问取人不见数峰青

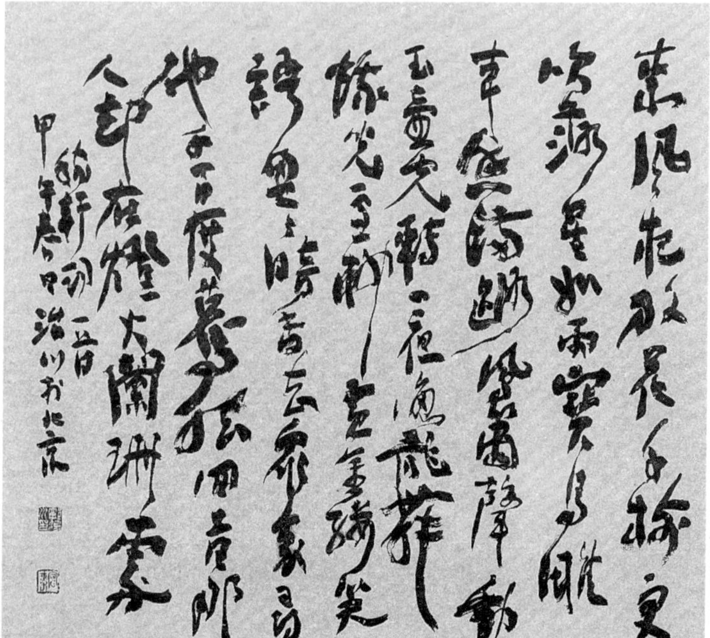

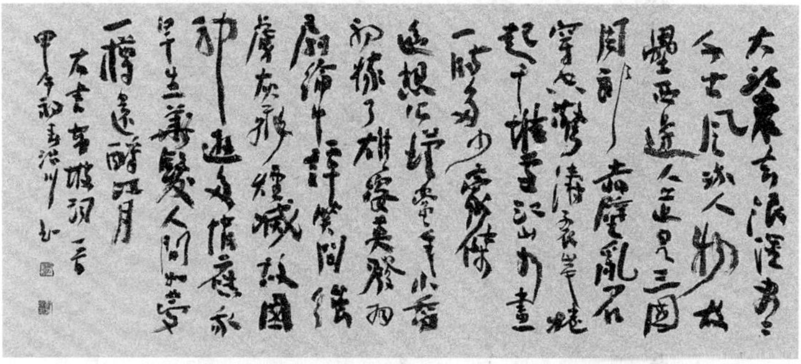

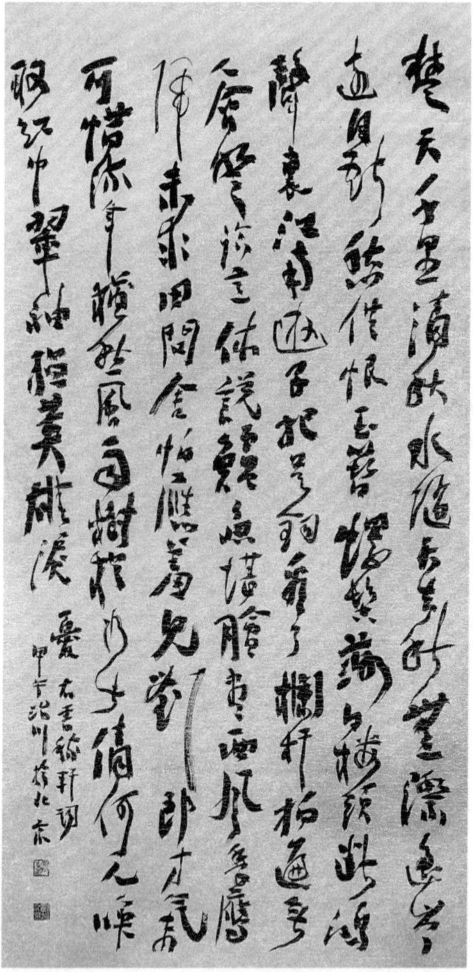

靈泉有道飛涼雨
古磴千盤入亂雲
治川

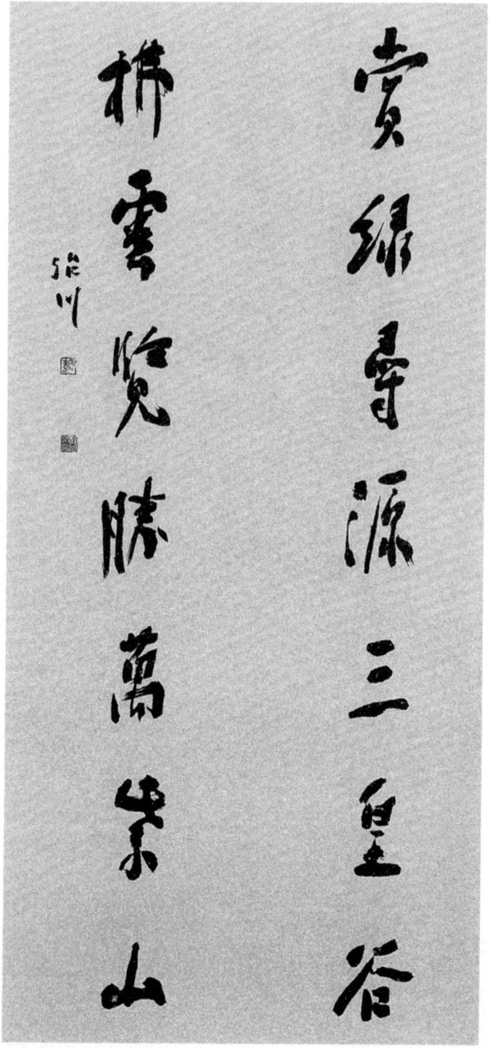

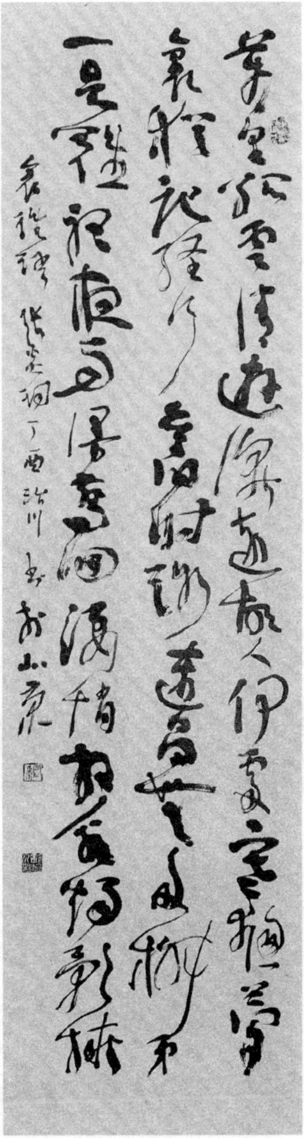

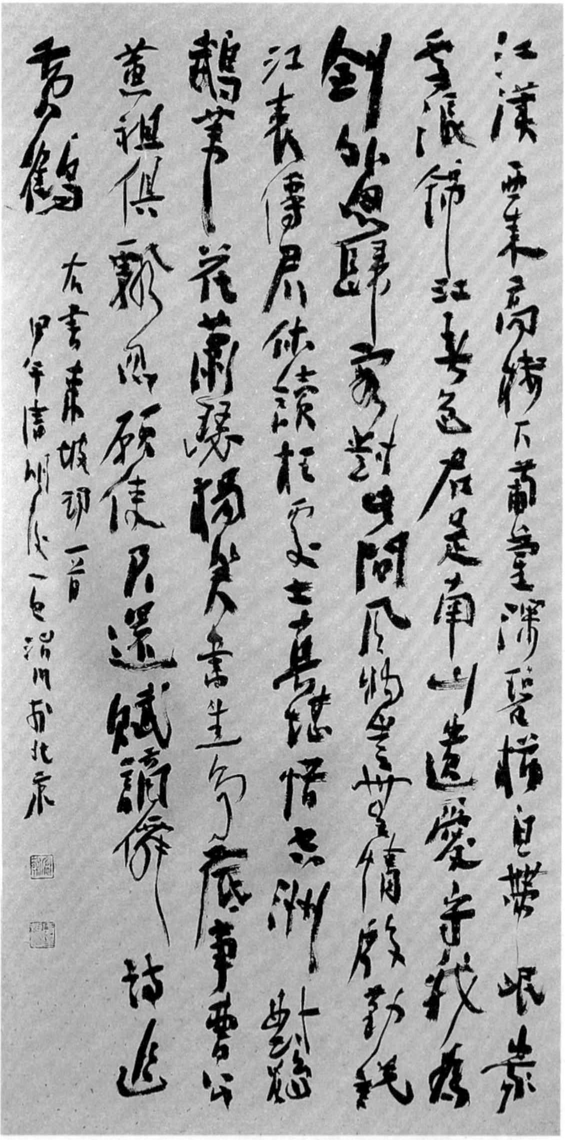